22

DAS ANDERE

ONDE VOCÊ VAI ENCONTRAR UM OUTRO PAI COMO O MEU

Onde você vai encontrar um outro pai como o meu
Dove troverete un altro padre come il mio
© Rossana Campo, 2015
© Editora Âyiné, 2020
Publicado originalmente pela Ponte alle Grazie, 2015
Publicado em acordo especial com Rossana Campo,
em conjunto com seus agentes especialmente nomeados
MalaTesta Lit. Ag. e The Ella Sher Literary Agency, www.ellasher.com
Tradução: Cezar Tridapalli
Preparação: Mariana Delfini
Revisão: Juliana Amato e Ana Martini
Projeto gráfico: Luísa Rabello
Imagem de capa: Julia Geiser
ISBN: 978-85-92649-71-5
Editora Âyiné
Belo Horizonte, Veneza
Direção editorial: Pedro Fonseca
Assistência editorial: Érika Nogueira Vieira, Luísa Rabello
Produção editorial: André Bezamat, Rita Davis
Conselho editorial: Simone Cristoforetti, Zuane Fabbris
Praça Carlos Chagas, 49 – 2º andar
30170-140 Belo Horizonte – MG
+55 31 3291-4164
www.ayine.com.br
info@ayine.com.br

ROSSANA CAMPO

ONDE VOCÊ VAI ENCONTRAR UM OUTRO PAI COMO O MEU

Tradução de Cezar Tridapalli

Âyiné

*Então eu quero saber — disse a mulher num rompante,
com uma força terrível —, quero saber em toda a Terra
onde você vai encontrar um outro pai como o meu!*

Isaac Bábel

1.

Uma vez meu pai me disse: Rossaninha, você nunca deve ter medo de nada na vida, pois tenha sempre em mente que você foi concebida em cima de uma mesa de bilhar!

Voltei para Albisola no dia 5 de novembro do ano passado, papai tinha piorado de repente. Após uma vida de desgraceiras, cirurgias, úlceras no estômago, problemas no fígado, acidentes de carro, coma alcóolico, coma diabético, várias cirurgias nos pés (amputaram aos poucos seis ou sete dedos), um bypass na perna direita, crises psicóticas passageiras, depressões, distúrbios bipolares etc., Renato tinha conseguido chegar às portas dos oitenta e dois anos. E até um mês antes da doença que o levaria à morte (um vírus intestinal que o havia reduzido a menos de quarenta quilos), ele ainda assim seguia sendo Renato. Meu pai: um cara todo ferrado, nada confiável, certamente simpático, um grande contador de histórias e de aventuras (um pouco verdadeiras, um pouco assim exorbitantes, só pelo gosto de exagerar, pela alegria de contar lorotas e assim cobrir com a narrativa da sua epopeia pessoal a verdadeira realidade da sua vida, do seu passado e das imensas dores sofridas na infância e em toda a existência). Papai sempre nos pareceu ser aquilo que de fato era. Meu irmão Nic, minha mãe e eu sempre o tomamos por aquilo que era, um ser tremendamente frágil, sem eira nem beira, hiperemotivo, lunático, às vezes louco mesmo, e um grande e perfeito beberrão. Eu disse ao meu irmão, um pouco para fazer graça, um pouco a sério: Sabe, pensando agora, acho que a única e verdadeira paixão da vida dele, o único porto seguro, aquilo a que verdadeiramente devotou sua fé até o fim, foi a garrafa.

Minha mãe é quem deu para remexer os diários que Renato escreveu durante toda a vida, principalmente nas noitadas de bebedeira, e ali, até poucas semanas antes de sua morte, encontrou registrada uma porção de tragos que ele tinha entornado com prazer e também com desprezo por toda a humanidade, em particular pelos médicos que queriam tirar dele a amada companhia de vida, a sua estrela-guia, a sua garrafa. E depois pelos superiores do passado, do tempo em que era policial militar (os vários tenentes, coronéis, generais etc., por quem nunca parou de nutrir rancor, mesmo depois de vinte, trinta, cinquenta anos). E, para terminar, pela amada esposa, que, apesar de estar em forma e ser linda como uma atriz, tinha um claro defeito: continuava a encher o saco por causa da bebida.

Mesmo durante o funeral, e nos anos que seguiram à morte dele, tanto eu quanto meu irmão tínhamos a sensação de que a energia de Renato, o seu jeito de ser e toda a sua maneira de estar no mundo continuavam conosco, não nos abandonavam. Percebemos isso por causa do carro fúnebre, que chegou atrasado na frente da igreja de São Nicolau de Albisola e foi logo batendo num poste ali perto da entrada, com uma pancada tão sinistra que quase fez todos rirem, e que se emendou imediatamente na reação de Beppe, o louco do povoado de quem eu me lembrava desde a infância e que permanecia o mesmo, só uns quarenta anos mais velho. Beppe, um homenzarrão alto e gordo, com a cabeçona pelada e dois olhos azuis infantis e sorridentes, vestido como sempre em trajes de Fidel Castro, com um fuzil de brinquedo no ombro e o inseparável cantil mais binóculo pendurados no peito, tinha sacado uma trombeta e, seguindo a batida do carro fúnebre, como se ela tivesse sido uma espécie de maestro que dá o tom, começou a improvisar um solo desafinado, mas capaz de infundir em todos nós um certo tipo de alegria, uma espécie de marchinha de escoteiros que seria perfeita num desenho animado do Pato Donald com Huguinho, Zezinho e Luizinho vestidos de lobinhos. Eu pensei, essa é a trilha sonora perfeita para o funeral de Renato.

O conjunto não ficou ruim, pareceu diluir a tristeza das amigas de minha mãe e de um ou outro vizinho da casa dos meus pais, que se aproveitaram das dores angustiosas do funeral para desencavar todos os seus problemas pessoais, velhas tristezas e melancolias acumuladas de uma vida que não tinha nada a ver com Renato. Assim, a batida do carro no poste e a marchinha de Beppe vestido de Fidel Castro transformaram subitamente o evento trágico em outra coisa, alguma coisa que trazia o carimbo, a marca registrada, o sabor inconfundível de Renato.

E até o serviço funerário me pareceu ter se ressentido do que ocorrera antes, na frente da igreja, tudo estava meio caótico e cômico, o padre que devia dizer algumas palavras sobre Renato, como é de costume nas missas fúnebres, se via que não sabia por onde começar, e eu só pensava, quero ver o que é que esse padre vai dizer sobre um paroquiano que não pôs o pé na igreja nenhuma vez na vida, quero só ver o que ele vai inventar.

O padre tinha se referido a Renato como um grande trabalhador, vindo do Sul da Itália nos anos 1960 (e aqui eu e Nic tentamos não cruzar os olhares para não cairmos

ONDE VOCÊ VAI ENCONTRAR UM OUTRO PAI COMO O MEU 13

na gargalhada), que tinha formado uma boa família, com dois filhos e uma esposa amada e respeitada por toda a vida (e me vieram à mente as pancadas que Concetta recebia de Renato quando ele bebia, isso até os últimos momentos, quando já era um velho de oitenta anos, magérrimo, durante um episódio em que o psiquiatra o havia definido como maníaco-depressivo, uma crise de loucura que o fez reencontrar uma força e uma energia estranha e animalesca para espancá-la outra vez, com chutes, tapas e empurrões).

Durante aquela missa eu pensava que as coisas eram assim mesmo, que a verdade das pessoas é sempre enfeitada, adoçada, mantida em segredo, que ninguém no fundo tem coragem de tomar as coisas por aquilo que são. De olhar para a verdade nua de nossas vidas, não somos capazes. Temos medo de que a verdade nua possa nos derrubar, possa nos fazer pirar ou morrer de dor, possa nos dar vontade de pegar um fuzil – um fuzil de verdade, não o fuzil de Beppe vestido de Fidel Castro – e detonar o mundo todo.

Acho que comecei a escrever, desde mocinha, para tentar pôr para fora, num espaço só meu, a verdade das coisas. Comecei a escrever para encontrar um lugar onde pudesse tomar pé da situação, onde colocar de modo nu e cru aquilo que eu sentia e que via e que todos ao meu redor costumeiramente negavam. Sempre me pareceu uma atitude muito italiana, das famílias e dos indivíduos, a de não querer enxergar as coisas como são, esquivar-se delas, querer eliminá-las, na esperança de que, desviando, não se colocando diante da verdade das coisas, as coisas mudem, se transformem, façam menos mal ou até mesmo desapareçam.

Foi estranho para mim, portanto, acordar uma manhã qualquer, depois de poucas semanas da morte de meu pai, e me lembrar dele com uma alegria repentina, como que cheia de possibilidades, de respiro, e, para meu grande espanto, descobrir misturada à raiva que senti tantas vezes por ter tido um pai assim, e à tristeza de não poder mais vê-lo nem telefonar mais para ele, foi estranho para mim descobrir uma espécie de gratidão verdadeira, sincera, que vinha das entranhas ou das profundezas da minha vida. E isso, agora? O que significa?, eu dizia a mim mesma, falando sozinha em voz alta, como me acontece de vez em quando. Havia algo dentro de mim, uma parte talvez infantil, ou muito antiga, que sorria para Renato. Uma parte que estava sempre misturada à fúria, também à dor, ambas unidas a um senso de vergonha por ser aquela que sou e pelo fato de ter sempre relacionado aquela que sou a ele, a Renato, meu pai. Agora, porém, havia algo diferente, um sentimento quase prazeroso, e libertador, relacionado a uma espécie de gratidão insensata, mas sincera, por tudo aquilo que ele foi e pelas coisas que tinha me transmitido, talvez a despeito dele, talvez somente como herança genética.

O que é, o que é esse negócio que você está sentindo?, eu me perguntava.

Talvez, agora que a aventura de Renato sobre esse planeta havia se encerrado, agora que eu tinha certeza de que a sua parte destrutiva não nos faria mais sofrer, sobrava apenas algo desse homem, digamos, a sua natureza de fundo, a parte bonita que ele tinha, sobrava a sua parte anárquica, vital, encrenqueira, aquela sua capacidade de estar pouco se fodendo para as regras, para as opiniões comuns, para as boas maneiras hipócritas, para os deveres fajutos. Por isso tudo que agora sentia em relação a ele, eu era profundamente grata. Eu via agora a parte boa de Renato como uma herança preciosa e tinha vontade de recordar meus tempos de menina, quando era apaixonada pelo que ele tinha de melhor, quando estar com ele significava sentir-me livre, completamente livre para ser quem eu era. E, portanto, completamente viva.

Eu pensei que, se ainda hoje me ocorre sentir isso em meus melhores momentos, quando o simples fato de estar viva e respirar me parece um evento glorioso, um maravilhamento indizível, e todo dia é cheio de possibilidades, devo isso também a você, pai, àquele que você era e às suas mais bonitas qualidades.

Assim, recém-desperta, enquanto regava a mudinha de fícus junto à janela, eu lhe disse, com a certeza de que em algum canto do universo uma parte dele permanecia, eu lhe disse: Papai, nessa tua vida fodida, você me passou algo de bom, e na verdade talvez eu, teimosa, tenha pegado isso de você, agarrei-me a isso que você emanava. Não me deixei anestesiar, sabe, não permiti que nada me amordaçasse, nem pessoas nem ideias tristes, lamentosas, e segui adiante tentando levar uma vida que entendi ser autêntica, sincera, minha. Renato, você tinha razão quando me dizia que eu não devia ter medo de nada, pois fui concebida sobre uma mesa de bilhar!

2.

Há os temporais, as tempestades, as inundações. Toda vez que entramos no Simca e vamos para o Sul visitar os parentes, pegamos no caminho algum temporal, alguma tempestade, alguma inundação. Renato usa luvas de piloto de Fórmula 1, aquelas de camurça sem dedos, boné com viseira, e fuma Amadis sem filtro. Concetta usa minissaias, camisetas apertadas e coloridas que deixam os peitos bem salientes, e se assusta quando vê a faísca do relâmpago no céu e ouve um trovão. Quando o trovão dispara, ela põe as mãos na cabeça e grita: OH, DEUS!

Renato fica irritado ao vê-la assim, como uma lebre apavorada, e começa a xingar todos os santos do paraíso. A mim os trovões assustam um pouco. Mas não quero parecer medrosa. Então digo: Estou pouco me fodendo para os trovões.

Ah, aí sim! Você nunca deve ter medo de nada, pequerrucha, me diz Renato.

Não, eu não tenho medo de nada, sou muito forte.

É isso aí, bebê, continue nesse caminho, você vai virar uma pilota da Fórmula 1.

O que é Fórmula 1?

São uns idiotas que fazem competição de carros para ver quem chega antes.

Eu não sei se gosto da ideia de virar pilota de Fórmula 1.

E o que você quer ser?

Quem sabe uma bailarina da TV, como as gêmeas Kessler.

Sim, sei, as gêmeas Kessler. Aquelas lá têm dois metros só de perna, são duas alemoas taludas, e você come muito espaguete, tem barriga, por que ia querer dar uma de bailarina?

Tudo bem, não dá nada, estou pouco me fodendo para as bailarinas.

Ah, que personalidade tem essa aí, diz Renato, contente, puxou ao pai em tudo!

Essa aí ainda vai me virar uma perdida, ainda vai me virar uma vagal! Ela puxou a você e a toda a sua família de ciganos, ah, meu Deus, tomara que tenha pegado alguma coisa minha, diz Concetta, ainda com as mãos na cabeça para se proteger dos trovões.

Somos ciganos, somos vagabundos, somos diferentes do resto das pessoas que moram em Albisola, na província de Savona. Temos um jeito de falar diferente dos outros, minha família se veste de um jeito bizarro e tem um sotaque de beduíno que ninguém consegue entender.

Eles usam roupas de cores berrantes quando saem para dançar, laços, vestidos verde-esmeralda com lantejoulas, minha mãe usa as minissaias com as coxas à mostra, diz que se as atrizes da TV e do cinema usam, pode muito bem ela usar, que não tem inveja de nenhuma coxuda, ela, com suas coxas lindas, bronzeadas e perfeitas, toma aqui, não poderia ir eu à TV em vez de ficar aqui varrendo lixo nessa casa de merda?

Temos um carro todo caindo aos pedaços, que nunca pode correr muito, senão sai fumaça do motor ou vaza óleo embaixo. Renato disse uma vez que sairia para caçar e já aproveitaria para colher uns cogumelos, depois voltou sem ter pegado nada, nem passarinho nem cogumelo, pegou só uma cobra de quase dois metros, que matou com as próprias mãos (certeza que é lorota), e arremessou-a no para-brisa como se fosse um troféu. Roda pelas cidadezinhas com o carro, passa lento com a janela aberta e o braço de fora, todo se pavoneando, o fanfarrão. Ele não percebe que é visto apenas como um cigano maluco e bebum e que ninguém está nem aí se um ex-policial militar expulso da corporação com um pontapé na bunda vai até o bosque e atira em cobras.

Eu, em compensação, gosto do jeitão do Renato, gosto que ele seja desse tipo abusado, exibido, que se gaba de coisas sem sentido e inventa umas bobagens sabe-se lá de onde numa velocidade espantosa. Eu gosto assim, até porque, quando tentaram me mandar para a escolinha das freiras e eu não quis ir e me joguei no chão gritando e esperneando em protesto, ele entendeu que não deviam me forçar, que nem que me atirassem na cabeça eu iria para aquele lugar. Na verdade, ele me disse: Você, Rossaninha, é como eu, não tem jeito de te fazer aceitar a disciplina, não tem jeito, cacete! Concetta, nada de escola para a bichinha, essa aí tem a cabeça louca como eu! Depois, olhando para mim, reco-menda: E quanto às freiras ou a qualquer outra pessoa que achar que pode encher teu saco, sabe o que você deve dizer? Diga: meu pai disse, vai tomar no cu!

Concetta está preocupada, queria me ver integrada à cidade, queria me ouvir falar a língua dos rostos pálidos, queria que nos transformássemos em pessoas do Norte, mas não lhe ocorre que jamais seremos assim, que se vê de mil quilômetros de distância quando nós, do Sul, estamos chegando, aqueles da BAIXA ITÁLIA, aqueles que não sabem falar sem gritar, aqueles que sempre brigam com todos, aqueles que comem os macarone cos molho de tomate e umas porpeta de carne. Os *terroni*.[1]

---

1   Termo pejorativo geralmente usado por italianos do Norte para designar os italianos do Sul. Significaria pessoas primitivas, feitas de terra, seja por sua atividade braçal ligada ao campo ou pela cor de sua pele. [N. T.]

3.

Nos dias que se seguiram ao funeral de Renato, minha mãe, guardando os cadernos e agendas onde ele sempre escreveu suas lembranças, os pensamentos e sabe-se lá o que mais, me disse: Sabe, ele tinha dito que tinha parado de beber, tinha dito que tinha parado depois de uma das últimas cirurgias no pé, há seis anos.

Mas?

Ouça aqui, ela diz, e lê para mim um trecho dos diários de papai: hoje tomei uns bons goles, sei que depois que volto para casa minha mulher me enche o saco, mas eu sou assim, é pegar ou largar. Se está bom para você, ótimo, se não, pode ir tomar no cu! Palavra de Reian!

Fico avaliando a força da minha mãe, a coragem de se pôr a ler os diários de papai, de ler tudo sem parar, mesmo as partes mais doídas. Ela se enfia naquilo, tentando decifrar a caligrafia de meu pai, e fica furiosa, e se assusta, mas aguenta bem os golpes, até que não se descompõe muito, não.

E me diz: Teu pai! Mas você sabe que os médicos tinham dito que ele não devia mais nem tocar numa gota de álcool pelo menos há uns quarenta anos?

E ele?, pergunto.

Ele? Estava pouco se fodendo, como fazia com todo o resto.

Então ela me conta de quando ele era um jovem policial militar e decidiu fazer as provas para ser promovido a sargento. Partiu uma manhã direto para Roma a fim de realizar os famosos exames e depois desapareceu, para reapresentar-se cinco dias depois.

O que aconteceu?, pergunto a ela.

Eu estava agitadíssima, imagina só, telefonei para um policial militar conhecido, pedi notícias: Ah, Concetta!, ele me disse, esse Renato se apresentou nos exames completamente bêbado!

Não!

Pois é, não, sim.

E daí? O que aconteceu? Onde foi parar nos outros dias?

Foi dar uma volta de carro, chegou em Molise, na Puglia, continuou rodando bêbado, dormia no carro, até que se meteu num acidente, acabou num barranco, uns camponeses o recolheram e ficaram com ele lá. Quando voltou para a vida e para casa, tinha os olhos roxos como se tivesse levado uns bons murros, um lábio arrebentado, mas ainda assim, juro para você, que a minha vontade era matá-lo com as minhas próprias mãos!

A última vez que vi Renato vivo foi em 5 de outubro, de manhã eu estava em Milão para apresentar o meu novo romance, depois, perto da uma, peguei o trem e fui visitá-los. Percebi logo que algo tinha mudado, ainda que na aparência nada me faria pensar que, exatamente um mês depois, o 5 de novembro seria o último dia sobre a terra para Renato, o meu velho Reian. Instintivamente, eu havia pegado o celular e começado a tirar fotos dele enquanto comíamos. Fiz também fotos de Concetta, pois eu via que ela ficava mal por não ser também um modelo fotográfico. Mas era ele que eu queria retratar, como para conservar uma recordação, um traço, qualquer coisa dele. Deve ser aquele tipo de coisa que acontece entre as pessoas com quem se tem esse tipo de ligação profunda e problemática. Fiz também algo que nunca tinha feito, lembrei-me de que meu novo celular tinha uma pequena câmera para vídeos curtos, tentei entender como funcionava e mandei ver. Eu disse, papi, me conta alguma coisa. Ele, todo envaidecido por ser o centro das atenções, arrumou um pouco os cabelos grisalhos e disse: E que posso te dizer?!

Aquilo que te vier na cabeça, vai.

Hummm... vejamos... Olhou na direção de mamãe e disse: E agora, que porra eu falo para essa aí?

Pô, inventa alguma coisa, Renato, sempre aí tagarelando de manhã até de noite e agora não sabe o que dizer?

Eu disse, O sonho, papai, você estava me contando o sonho que teve essa noite.

Ah! Te conto o sonho, te conto o sonho que tive essa noite, nossa senhora, impressionante!

Vai, conta, espera eu ligar, vai!

Então... essa noite tive um sonho que me impressionou muito, eu estava entrando numa sala grande, em uma casa muito majestosa, e sentia que precisava passar a todo custo por ali, mas estava me cagando de medo. Porém, me digo, Ei, não, Renato, você deve passar à força, não tem volta. Então tomo coragem, entro lá dentro e o que vejo!?

O que vê?

Minha nossa! Minha mãe que estava parindo! Era Titina, mas muito semelhante à minha mãe, a vó Regina! E gritava, berrava, estava mal e me dizia: Renato, me ajuda! Me ajuda, faça alguma coisa! Estou muito mal! Por favor, eu te imploro, faça alguma coisa!

E o que você fazia?

Eu ficava ali que nem pedra, um pavor! Sabia que devia fazer alguma coisa, sabia que eu era um hómi de merda não fazendo nada, mas eu estava travado, me sentia como que paralisado, então...

Então?

Assassinhora, agora eu me emociono, taquepariu, viu...

Não se preocupe, papi, fica tranquilo.

É, mas não quero que todos me vejam assim, emotivo.

Não se preocupe que não estamos na televisão, é só um vídeo que vai ficar comigo, uma recordação, pare com isso!

Ué, mas uma recordação do quê? Por acaso eu já bati as botas? Deixa eu tocar minhas bolas.[2] Desculpa aí, hein, falo com decência!

Que seja, vai, vamos continuar, você dizia...

O que eu dizia? Não me lembro.

Dizia que a mãe ou a vó, a mulher que no sonho estava parindo, te pedia ajuda.

Sim.

E você?

Eu estava paralisado, não conseguia fazer nada e aquela lá só berrava, berrava.

E isso te deixava mal?

Muito mal!

O.k. Eu te digo: Mas você estava por perto da mamãe quando ela me pariu ou pariu o Nic?

Eu? Claro, eu estava ali, presente.

Como não, disse mamãe.

Hmmm, não foi assim?, pergunto.

2   Gesto supersticioso para afastar o azar.

Deixa para lá, vai, diz Concetta.

Deixo nada, quero saber, me contem!

...

...

Que isso? Agora ficaram mudos vocês dois?

Olha, diz minha mãe, quando nasceu você, você estava para morrer, tinha o cordão umbilical em volta do pescoço, e quanto mais eu empurrava, mais o cordão te apertava o pescoço.

Ah, eis que a coisa começou bem para mim, digo.

Porém, conseguimos, minha nossa senhora, o quanto xinguei, o quanto você me escangalhou! Minha nossa, que dor! Não desejo isso nem para o pior inimigo, nem para o Hitler eu desejaria isso, veja!

Desculpe, mamãe, mas por que você me pariu em casa, sozinha? Em 1963, já existiam hospitais.

Pois é, mas sabe, era assim que se fazia na minha família, as mulheres daquele tempo não pariam em hospital coisa nenhuma, ficavam com as outras mulheres da família que te ajudavam, poucas podiam se dar ao luxo de ter uma parteira, as camponesas faziam o parto muitas vezes sozinhas nos campos, acredita?

Puta merda, digo.

E apesar disso a humanidade foi adiante do mesmo jeito.

Bem...

ONDE VOCÊ VAI ENCONTRAR UM OUTRO PAI COMO O MEU 29

E Nico, também o Nic você pariu em casa, e já era 1974.

É, mas veja que belos filhos eu fiz, veja como vocês são saudáveis, inteligentes, centrados. Você vai lá confiar em médicos e hospitais?

Mas onde é que o papai entra nisso tudo? Ele existia? Viu o parto? Estava ali?

Olha, na primeira vez, mal começaram minhas contrações, ele pegou o jipe e resolveu dar uma volta.

Como é que você foi dar uma volta?!

Sim, eu estava emocionado demais, peguei o jipe e fui até La Spezia, cheguei nas Cinque Terre, Manarola, Vernazza, Monterosso, lugares lindos, eu gostava de ir para o mar no outono, sem aquele monte de turista boboca. Ah, belíssimas, as Cinque Terre!

Resumindo, mamãe estava se esbodegando, eu me enforcando com o cordão no pescoço e você estava no mar, o mar de outono.

Pois é.

E isso te parece normal?

E o que eu devia fazer? Isso tudo é coisa de mulher!

Não, fui eu que mandei ele embora, veja, estávamos eu e a Roberta, minha vizinha, ela tinha dito que me ajudava, Renato começou de repente a ficar branco como um fantasma, virou um trapo suando frio, e eu disse assim, Renato, xô, vai, chispa, que aqui você é só um peso, não só não ajuda como ainda atrapalha me deixando preocupada!

E no nascimento de Nic, como foi, não me lembro, eu estava na casa de alguém.

É, mas deixa para lá!

Pare com isso, pode contar, se chegamos aqui, vamos até o final.

No nascimento do Nic ele começou a beber já pela manhã, mal tinha rompido a minha bolsa, foi isso que fez, vou sair um pouquinho, Titì, e daí me volta com um garrafão de vinho tinto e uma garrafa de uísque, a gente não tinha uma puta moeda, e esse aí vai e me inventa de fazer um estoque de garrafão.

E como pagou tudo se não tinha dinheiro?

Como paguei, pendurando...

...

Esses imbecis da Ligúria, está para nascer um filho meu, o herdeiro, e nem para pendurar umas garrafinhas! Mas que se há de fazer, é o estilo de vida deles!

Que gente, né, inacreditável.

Pois é.

Entendi, então a tua contribuição no parto dos filhos foi, comigo, passear no mar, e com Nic, beber um montão.

...

Tá bem, Ross, mas não vamos ficar cavando muito, vai, diz minha mãe.

O.k.

Que depois bate uma melancolia nele, no papai, acrescenta.

Está bem, digo, desligo a minha camerazinha e penso nesses dois perdidos. Esses dois seres alegres, tristes, malucos, ansiosos, confusos, inseguros, eternos migrantes, são meu pai e minha mãe.

4.

Concetta fuma e de tanto em tanto eu a escuto soltar uns xingamentos entredentes.

Digo: O que foi? O que aconteceu, mami?

Nada, volte a dormir.

É um quarto pouco iluminado, só a luz fraca do abajur, faz frio e eu acordo na minha cama estreita e a vejo fumando debruçada na janela. É noite, tudo está escuro, exceto a luz fraca do abajur e alguma luzinha que chega de fora, da estrada regional.

O que aconteceu?, repito.

Nada, aquele idiota do teu pai.

O que tem ele?

Ainda não voltou, e já são três horas.

Três da manhã?, pergunto.

Não, decerto são três da tarde! Não vê que está tudo escuro lá fora?

Em que merda será que o pai se meteu?

Tá com alguma daquelas barangas dele. E não me venha com espanto, com puxa!, que isso não se diz.

O que é uma baranga?

Nada, não é assunto para você, vai dormir que amanhã tem aula.

Uma outra noite acordo de repente, da cozinha ouço chegarem vozes e risadas, o rádio ligado, ou talvez seja o toca-discos. Renato e Concetta estão acordados, bebem vinho, festejam alguma coisa. Renato trouxe peixe! Há grandes peixes-espadas e atuns espalhados pela cozinha, eles têm cor de prata e em alguns dá para ver uns pedaços de gelo incrustrados. Renato dá uma tragada boa no cigarro, serve mais bebida para Concetta, eu entro na cozinha, meus olhos ardem, estou com frio e o chão me gela os pés. Ei, o que você faz de pé uma hora dessas?

O que aconteceu?, pergunto.

Estamos festejando! Papai trouxe um montão de peixe para casa!

E onde conseguiu tudo isso?, pergunto, olhando para aquilo tudo, eu nunca vi tanto peixe assim nem na peixaria de Giobatta lá na cidade.

Que nada, é que teve um acidente, tombou um caminhão que transportava peixe congelado, eu e o Peppino fomos socorrer e ganhamos tudo isso aí.

Por quê? Vocês ajudaram?

Sim, negócio lá estava feio, conseguimos salvar duas mulheres e um menino, mas outros dois morreram na batida e não pudemos fazer nada por eles, mas, como pode ver, agora temos um montão de peixe para comer.

Renato pega uma tacinha e põe bebida para mim também.

Mas você enlouqueceu?, diz minha mãe.

Mas que merda, vamos festejar, Concettina.

Mas está tarde, ela é uma criança.

Vem, vem, um golinho para comemorar com o papai, mal não vai fazer.

Atrás de casa tem um gramado. Saio para caminhar, gosto do cheiro da grama, do mato e do céu, gosto que não tem ninguém, que não escuto vozes gritando, que ninguém vem com histórias nem vem me dizer o que fazer e o que não fazer ou me desaprovar. Ouço os grilos, ouço até a luz do sol e o rumor do mundo girando. Sinto-me esquisita, sinto que não há crianças como eu, não gosto das outras crianças, não gosto das mães delas e dos pais delas e não gosto dos vizinhos. Mas quando Renato está ali, fico contente. Porque vejo que ele, como eu, não se parece com as outras pessoas. Meu pai é diferente de todos e está sempre alvoroçado ou no Simca ou ainda no jipe, está sempre naquele vai e vem, some e volta, traz presentes, traz chocolate e peixes congelados à noite, traz discos que coloca no toca-discos e tira minha mãe para dançar. Quando eles dançam são legais e principalmente não me dizem o que devo fazer e o que não posso fazer.

Porém, tem uma menina que vai com a minha cara. É uma que vejo de vez em quando, se chama Stefania e é filha do carteiro. De tempos em tempos ela vem me chamar, toca a campainha, diz: Vamos brincar?

Onde?

Aqui embaixo, diz.

Está bem, digo, porque Stefania me parece boa, não é uma daquelas cretinas que fazem caretas ou dão risadinhas. Veste umas calças jardineiras com colete, tem um rabinho de cavalo loiro e os dentes meio tortinhos para fora. Nunca ri e parece sempre irritada com todo mundo. Me inspira simpatia. Um dia eu digo para ela: Mas como é que você nunca ri?

Porque tenho vergonha.

Vergonha do quê?

Que fiquem vendo meus dentes saltando para fora.

Eu faço como Renato me diz, digo para ela: Ah, vá, vá! Olha só o que está dizendo! Você não deve ligar merda nenhuma para o que os outros dizem! Você está ótima, mesmo com os dentes de coelho.

Depois que falei assim com ela, a Stefania desapareceu por uns dias.

Eis então que uma tarde eu a vejo sentada no ponto de ônibus.

Eu dou um oi.

Oi, ela diz.

Aonde você está indo?

Dentista.

Fazer?

Aparelho nos dentes.

Porque...

Porque tenho os dentes para fora, de coelho.

E ele vai pôr para dentro?

Isso.

E você está contente?

Bastante, assim não ficam me gozando, que eu pareço um coelho.

Entendi, eu disse, mas para mim você parecia legal mesmo assim, sem o aparelho.

Ela dá de ombros, não estava nem aí se eu achava legal ou antipática.

Depois de mais um tempo eu a vejo de novo no ponto de ônibus. Digo: Por que você nunca mais veio me chamar?

Sei lá, ela disse.

Não é mais minha amiga?

Não.

Por quê?

Sei lá.

Tá bem, eu digo, e tento rir, dar uma gargalhada atrevida, para dar uma de quem nem liga, e digo, muito menos eu ia querer uma amiga com dentes de coelho como os teus.

Não tem problema, diz ela.

Começo a rir ainda mais alto e vou me afastando, por dentro sinto um peso enorme, como se uma pedra tivesse sido colocada entre o estômago e a barriga.

Ei, Rossi!, ela gritou.

Que foi?, pergunto girando.

Eu é que não queria ter uma amiga terrona.

Ah, entendi, digo, e penso que mais cedo ou mais tarde eu vou meter a mão nessa dentuça.

5.

Eu e Nic conversamos sobre nosso pai, Nic me conta vários episódios e recordações da sua infância, o que significou para ele ter um pai assim tão lesado e nas piores condições desde muito cedo. Está convicto de que eu tive muito mais sorte, pois, tendo nascido onze anos antes, pude gozar de anos bons, os primeiros anos do casamento, quando Renato não era ainda aquele grande beberrão que viria a ser. Quando era o jovem policial militar tímido e ousado que levava mamãe para dançar nos clubes da costa da Ligúria. As lembranças de Nic começam já de cara com um pai bebum e não confiável. Levava-o para um passeio e depois encostava o carro na beira de uma estrada do interior da Ligúria e lhe dizia: Espera o papai no carro, que ele já volta, pego um negócio e volto, se comporte, hein?

O pequeno Nic esperava e esperava, e Renato tinha entrado num bar ou em um boteco ou em um postinho de gasolina e começava a virar taças e taças de vinho, de uísque, de sabe-se lá o que mais.

Nic agora é um homem de quarenta anos, eu acredito que seja um pai maravilhoso para o pequeno Lorenzo, acho que se tornou quase o oposto de Renato, confiável, firme, acolhedor.

Sim, mas estou meio aéreo, maninha, ele me diz, às vezes me sinto completamente alheio! Mas me esforço, dou duro pelo Lorenzino, não quero que sinta nenhum peso, quero sentir que meu filho é feliz.

Contamos um ao outro mais episódios ligados ao nosso pai, daí digo: Sabe, se fosse um filme com as músicas do Tom Waits, com o roteiro do Bukowski, a gente ia gostar dessa história.

Sim, ele disse, e, como que continuando meu pensamento, acrescenta: Mas em vez disso, era a nossa vida, entende?

Claro, era a nossa vida.

Na noite em que papai nos deixou, eu estava em Roma. Nic me escreveu uma mensagem, dizia: minha irmã, foi-se, não sofreu muito. Coloquei no bolso dele um bilhete com nossos números de telefone.

Numa manhã, logo após acordar, poucos dias depois de sua morte, penso na jornada que a consciência cumpre, conforme o budismo tibetano, quando passa da vida na terra para o momento em que se dissolve no universo como pura energia. Tento relembrar a descrição das várias etapas que os mortos atravessam, procuro na minha biblioteca *O livro tibetano do viver e do morrer*. Abro, leio aqui e ali as preces para acompanhar quem está deixando a vida:

Possa eu ser o protetor de quem está privado de proteção
um guia de quem se põe a caminho,
uma barca, uma ponte, um vau
para quem deseja alcançar a outra margem.

Possa a dor de todo ser vivente
ser completamente apagada.
Possa eu ser o médico e a cura
e possa ser enfermeiro
de todos os doentes do mundo.

Possa eu sustentar a vida de todas as inumeráveis criaturas.

Sigo adiante, leio outras frases. Quando estiveres triste, tem a coragem para dizer a ti mesmo: qualquer que seja a sensação que estou sentindo, passará. Mesmo se voltar, não poderá durar. Se tu não buscas prolongá-los, os sentimentos de perda e de dor serão dissolvidos naturalmente e desaparecerão.

A ideia da viagem que Renato deve enfrentar pelo universo me enche de preocupação, ele que não era bom com as coisas práticas, que fazia uma bagunça do diabo só para ir até o correio pagar uma conta, como que vai se virar nessa grande viagem? Conseguirá fazer a travessia do Bardo, como dizem os budistas tibetanos? Eu digo a ele: Como está se saindo, papi? Você, que fazia uma confusão terrível para qualquer coisinha, como vai se sair nessa passagem tão complicada? Lembra que eu tinha te dado livros de budismo, sabe Deus se você leu, talvez se lembre do mantra que te ensinei, se você se lembra, use-o para encontrar a paz, para poder então ter um renascimento feliz.

Sorrio para as minhas preocupações, mesmo depois de morto você dá dor de cabeça, pai. Mas o que você faz com as minhas orações? Queria estar lá entre budas e bodhisattvas, a quem te confiei? Ou você vai arrumar confusão como sempre e mandar todos para aquele lugar?

Me vem uma vontade de limpar a casa, de colocar tudo em ordem, começo pela escrivaninha e pelas gavetas,

ONDE VOCÊ VAI ENCONTRAR UM OUTRO PAI COMO O MEU

decido ganhar espaço, me desfazer de papéis velhos, cartas ali adiadas e esquecidas por anos, extratos da conta no banco, contratos com editores, postais pré-históricos, agendinhas de anos passados, toda essa coisarada de que não consigo me desfazer mas que não olho nunca. Começo a passar em revista as diversas folhas, e eis ali, acompanhado de um pequeno soco no estômago, um sinal de meu pai. A sua escrita. Reconheço imediatamente a letra dele, o traço nervoso, grande, carregado, parecido com o meu. Uma dúzia de papel-ofício, alguns escritos à mão, outros batidos à máquina, com poemas. Renato volta e meia tinha essa atitude de empurrar para mim sua produção poética, às vezes também a prosa, muitas vezes me passou seus contos com histórias da infância ou eventos de guerra e do período em que era policial militar. Eu pegava aquelas folhas com o coração apertado, era um gesto muito íntimo. Talvez o mais íntimo que pudesse haver entre mim e ele, eu via isso como uma tentativa, uma demanda de escuta, de ajuda, de partilha de seus sentimentos, da sua vida, da memória. Quando eu era jovem, essas folhas me davam raiva e me constrangiam, raiva porque me sentia traída e abandonada mil vezes por ele toda vez que caía duro de bêbado, toda vez que não ia a um compromisso. Toda vez que eu o via pegar a estrada da autodestruição, toda vez que, desde menina, eu pedia para ele me prometer que não beberia mais e ele, depois de ter prometido, continuava fazendo as merdas que bem entendesse. Mil vezes me senti abandonada e deixada à mercê do inimigo, mil vezes me faltava o pai que tinha jurado para mim que lutaríamos juntos contra o mundo que não nos entendia. Milhões de vezes ele me havia traído e agora vinha de novo me pedir para restabelecer um entendimento, firmar um pacto de sermos outra vez cúmplices, pai e filha, aqueles que se entendem, aqueles que têm a alma cigana, a alma de artista. Mas para mim era tarde demais. Era algo que eu não queria mais fazer, não podia mais me permitir isso.

Misturado à raiva vinha também um desconforto, um constrangimento total, explosivo, porque aquilo que ele escrevia era o suprassumo do seu espírito, era tudo tão despudoradamente renatesco, sincero, infantil, ingênuo, agressivo, terno e cheio de ódio e rancor e temperado com uns «vá tomá no cu» contra tudo e todos, que me parecia obsceno demais, forte demais, e principalmente me parecia algo que podia facilmente me sugar por dentro. Talvez eu temesse sentir também assim tão cristalina a alma de Renato, e reconhecer que a alma desse louco que era meu pai era feita da mesma massa com que tinha sido fabricada a minha. Éramos quem sabe duas almas diferentes na aparência, mas a fábrica que as havia produzido devia ficar no mesmo lugar, empregar o mesmo tipo de matéria-prima, ter os mesmos projetistas, servir-se dos mesmos operários. Que confusão criavam em mim aqueles seus escritos.

E agora estava acontecendo de novo, mesmo que ele não estivesse mais aqui, e que eu tivesse partido numa manhã tranquila com a intenção de pôr ordem na casa, de jogar fora o velho para renovar as energias etc., eis que Renato voltava a me visitar.

Espalhei os papéis. Nos poemas batidos a máquina, eu reconhecia os caracteres da sua velha Olivetti, com que ainda menininha eu tinha escrito alguns de meus primeiros contos. Percorri os títulos: «O pouco e o muito», «O presunto de ouro», «Noite de inverno», «Um sonho meu», «Esses pensamentos», «A Joe», «À minha mulher», «Sobre o fim do Partido Comunista».

Agarrei-me ao primeiro, «Esses pensamentos»:

Se às vezes não me vêm os versos,
sou um pássaro sem voz, ou pior!
Se às vezes não consigo sentir
o doce beijo da poesia
e a perdi — bem, essa minha cabeça
não é mais senhora de si e,
cada pedaço de pau, toma-o por uma cruz —
cada mosquito, toma-o por um abutre
viro em meio a tantas ideias, quase perdido —
uma pulga.

«Sobre o fim do Partido Comunista»

Esse meu coração certamente não repousa,
se não pode mais bater por um IDEAL
que busca sempre, mas não o encontra mais.
Oh, entre tantas dores distantes e recentes, tantas
        [adversidades,
Só nos faltava essa!
Se pensas na total indiferença de toda a gente,
Se pensas que milhões morrem de fome
Eis que o pão dos ricos está lá, endurecendo sobre as
        [mesas adornadas!
Mas vós, ricos, vos digo eu, pequeno homem, quase
        [um nada,
Pensais em quê? Em relação à vossa tanta riqueza?
A quem deixareis aquilo que acumulais?
Mas eu estou do lado dos que pensam –
Como dizem os melhores poetas
É preciso deixar tudo, para iniciar uma verdadeira
        [vida Nova!

6.

Um dia decido fazer mágica. Numa dessas tardes em que estou sozinha em casa, vi na TV uma mulher com um chapéu na cabeça transformando um cachorrinho em um coelho, tirando relógios e coisas do gênero das orelhas das pessoas, e me deu uma vontade danada de fazer mágica! Naquela tarde eu estava com Mariapia, a amiga de mamãe, onde eu até fico às vezes quando elas vão trabalhar. Daí eu fico pensando também que gostaria de transformar essa Mariapia, que tem um puta narigão feio e o queixo saltado, em um cachorrinho, pois assim me faria companhia sem precisar falar. Tento me concentrar bem, fecho um pouco os olhos, desenho com as mãos uns círculos em torno da cabeça dela e digo um, dois, três, feito. Mas que merda, aquela Mariapia continua sempre ela, tal e qual, não se transforma nem um mísero centímetro! Às vezes tento transformar as flores em qualquer outra coisa, as filas de formigas em fila de amiguinhos simpáticos como os que vejo nos episódios da Pippi Meialonga na TV. Olho bem para as formigas que vão para cima e para baixo, carregam pedacinhos de miolinhos de pão, raminhos e coisas parecidas a toda velocidade, rápidas, rápidas, faço círculos com os dedos em cima daquelas cabecinhas, fecho os olhos e quando abro de novo, puta que pariu, as formigas continuam ali. Eu queria mesmo fazer esse negócio de transformar as coisas, não só animais e pessoas, eu queria conseguir até fazer sumir tudo aquilo que é ruim e triste e que provoca aquele sabor amargo e de ferro na boca ou aquela espécie de pedra no coração, tudo aquilo que não se quisesse viver na vida, seria bem bonito se, com uma mágica, opa, pronto, tudo desapareceu e foi lá para a casa do caralho!

Eu perguntei isso para o Renato, perguntei para ele se acreditava em magia.

O que é isso?

Se você acredita que certas pessoas têm essa capacidade de ir lá e com um truque fazer desaparecer umas coisas, ou transformar um animal num humano.

Mas claro que acredito, eu quando fui para a Índia conheci alguns grandes magos que com uns golpes de mágica faziam desaparecer elefantes e tigres! Que tocavam flauta e faziam as cobras dançarem!

Ah, vá!, digo.

Mas bem assim, Rossaninha!

Papai, mas você foi de verdade para a Índia?

Como não? Já disse para você.

Mamãe disse que não é verdade, que você vive de história e lorota.

Aquela lá, deixa quieto, o que a Concetta sabe da vida?

Apesar disso, Renato faz coisas muito legais: por exemplo, quando me leva no jipe e finge que me deixa dirigir, ou quando chega em casa de noite me trazendo chocolate, biscoitos e doces e mais outros presentes estranhos que eu não sei onde ele arruma, uma vez me trouxe um par de luvas de boxe enormes, pesadíssimas, e me disse são do grande campeão de boxe Nino Benvenuti, outra vez me trouxe uma bicicross faltando só o selim etc. Eu acho divertido o que ele faz e não entendo por que minha mãe vai ficar braba com ele por toda a eternidade, como diz. Mas talvez ela tenha razão, meu pai vive chegando atrasado nas coisas e daí perde sempre todos os empregos que encontra. Eu não fico incomodada com essas coisas porque, por exemplo, quando ele perde o emprego, eu o vejo mais.

Depois eu gosto que ele tem sempre umas palavras de gozação para todas aquelas pessoas bem comportadinhas, que fazem tudo certo, que são sempre preto no branco, aquelas que pensam só em trabalhar e trabalhar, daí morrem e tchau e bênção. Aqueles que sabem economizar, guardar uma parte do dinheiro, fazer o pé de meia, comprar uma casa a prestação e daí tchau e bênção também. Quando estamos dando uma volta juntos, eles nos olham de um jeito estranho, eu fico muito orgulhosa de ser a filha de Renato, pareço com ele até fisicamente, temos os mesmos olhos e os mesmos cabelos pretos e eu ainda capto com muita facilidade as ironias dele, e aprendi também eu a falar sempre à toa e sem pensar, como ele faz. Gosto quando me diz: Que se foda, mocinha, passa por cima!, e me leva para passear de carro e aí são mil aventuras que podem acontecer com a gente, tudo fica cheio de *swing*, como ele diz, e a vida fica loucamente divertida.

E mais que tudo eu gosto do jeito como ele fala, os palavrões, o seu jeito de mandar todo mundo tomar no cu, sua falta de respeito ou de medo de quem quer que seja, o prefeito, o policial, o padre, a professora ou o almirante, o marechal ou o general. E mais ainda quando diz: Policiais, doutores, políticos, padres, freiras, são todos uma maçaroca de merda só, se lembre disso!

Certo dia na escola a professora pede para a gente fazer uma tarefa de casa, precisamos ver a Lanterna de Gênova e desenhá-la igualzinha para levar no dia seguinte.

ONDE VOCÊ VAI ENCONTRAR UM OUTRO PAI COMO O MEU   51

Vou para casa e digo para os meus pais enquanto comemos: Para amanhã devo fazer a Lanterna de Gênova, preciso desenhar a lanterna e não consigo. Que merda é essa Lanterna de Gênova?

Ah...! Mas que saco isso, eu te ajudo, Stellì, escuta o papai, pega uma folha de papel e um lápis, você vai ver a bela lanterna que vamos fazer para aquela porta da tua professora. Eu pego tudo e depois de um tempo papai desenhou para mim uma bela lamparina sustentada por uma mão, muito bem feita, a gente coloriu ela toda de amarelo, como se estivesse superiluminada, e a mão nós fizemos toda rosa. No dia seguinte vou para a escola e mostro o desenho à professora.

E esse negócio seria?

Esse negócio? Como assim, o que seria? Professora, essa é uma lanterna, não tá vendo?

Sim, mas eu não tinha pedido uma lanterna, eu tinha pedido para desenhar a famosa Lanterna de Gênova.

Dou uma olhada em volta e os bostinhas da turma riem, as meninas riem com a mão na frente da boca. Faço uma careta, digo baixinho: do que vocês estão rindo, qual é a graça.

Olho a professora e digo: Professora, mas até pode ser que essa lanterna aí venha mesmo de Gênova!

Os outros bocós rolam de tanto de rir.

Eu digo: Mas que porcaria tem para rir aqui, vocês são o quê, uns mongoloides?

A professora diz: Traz aqui tua agenda, vou te dar uma repreensão, não pode xingar os colegas de turma.

Mas e eles, de que diabo estão rindo?

Não se diz «de que diabo estão rindo», diz-se «por que estão rindo».

Você, Carlota Rapetti, traz o teu desenho aqui.

A Carlota Rapetti, com suas trancinhas loiras, se levanta da carteira e leva o caderno que tem até uma capinha vermelha plastificada, a professora o abre bem na minha cara para eu ver bem o desenho: uma torrezinha em cima de umas rochas, que manda um feixe de luz na direção do mar e dos navios distantes. O desenho típico de uma supermongoloide.

Digo: Mas e isso aí é uma lanterna?

Sim, é exatamente uma lanterna, sim, é o farol de Gênova que guia os navios até o porto, meu papai é capitão de fragata e me mostrou várias ilustrações do farol de Gênova.

Se você está dizendo, eu digo, e vou para o meu lugar com a agenda, a repreensão pelos palavrões e meu caderno com a lanterna superbonita, só que toda errada, que o Renato desenhou para mim.

7.

Ontem à noite revi por acaso na TV o filme *Martian child*, é a terceira vez que assisto e percebi que isso acontece sempre em tempos de grande confusão interior. É a história de um menino meio maluco que vive num orfanato e está o tempo todo escondido dentro de uma caixa de papelão, diz que vem de outro planeta e é muito sensível à luz do sol. Por isso fica dentro de sua caixa. Daí tem o ator John Cusack, que faz o papel de um escritor de fantasia que acabou de perder a mulher e está num momento de falência emocional. A assistente social, que é sua amiga, propõe confiar o marcianinho a ele. A coisa poderia funcionar, pois o escritor, quando pequeno, também se sentia uma criatura anormal e ainda tinha intimidade com alienígenas. Os dois parecem se entender, o garotinho sai da sua caixa em troca de um par de óculos escuros para se proteger da luz do nosso planeta.

Há uma cena no filme que me emociona muitíssimo toda vez, é o momento em que esse pai adotivo tenta ensinar ao pequeno desajustado algo que todo bom americano deve conhecer, o beisebol. Tenta explicar as regras, mas o menininho é muito atrapalhado, não consegue acertar nada, nem uma bola. Depois, em determinado momento John Cusack tem uma intuição, tenta incentivá-lo partindo do que o pequeno é. Diz: Você é estranho, é o campeão mais estranho que já se viu por aí, é um excêntrico, as pessoas não te entendem, você não entende as pessoas e não entende nem você mesmo. Você é bem original, mas é também um campeão, e quando se concentra e executa o lance, você vence! Depois desse discurso, o marcianinho consegue rebater a bola que o pai adotivo lança.

Toda vez que revejo essa cena, alguma coisa começa a dançar dentro de mim, os olhos se enchem de lágrimas e me digo: Ah, como seria maravilhoso se alguém tivesse me falado algo assim quando eu era pequena! Se pelo menos uma pessoa tivesse usado essas palavras comigo!

Mas existia alguém que me dizia isso! Existia sim, era Renato, aquele louco do meu pai.

Então de noite tive um sonho que me virou do avesso. Sonhei que minha mãe e outras pessoas vêm na minha direção e todas juntas me dizem, como se lessem uma

ONDE VOCÊ VAI ENCONTRAR UM OUTRO PAI COMO O MEU

espécie de sentença expedida por algum tribunal, me dizem que foram encarregadas de colocar ordem na minha casa, que tudo está bagunçado demais e caótico e que preciso aprender a arrumar a casa do jeito certo. Primeiro, me comunicam, ficou decidido que devo trancar em um armário branco, que se confunde com as paredes, todos os livros que me são mais estimados, os livros de todos os escritores loucos e bêbados que amo. Primeiro, você deve começar daqui, me dizem. Já no sonho sinto uma fúria devastadora. Sinto-me humilhada, e o que mais me deixa indignada é que até minha mãe, que deveria estar do meu lado, ajuda naquela imposição absurda. Fico desesperada, me pergunto: e agora o que eu faço? Como faço? Como farei isso sozinha contra todos esses aí? Mas, digo a mim mesma, eu quero a minha casa deste jeito, para mim ela está ótima assim, toda confusa e desordenada, com os meus livros e tudo mais. É a minha casa! Afasto-me dessas pessoas e me encontro em um velho mercadinho das pulgas, talvez em Clignancourt, onde vendem discos de vinil e CDs usados, tem uns homens, provavelmente ciganos, e uns ladrõezinhos, e eu acho que são como *Os miseráveis* de Victor Hugo, fazem-me pensar na humanidade descrita por Hugo. Então fico comovida, sinto-me bem entre eles, acolhida, de repente encontrei a minha gente. Ora, não tenho mais nada a temer. Eu me sento, olhos os discos, vejo velhas gravações de Charlie

Parker, Charlie Mingus, Thelonious Monk. Um velho que se sentou perto de mim, com alguns dentes de ouro, me olha e pergunta, em francês, se estou cansada, *oui, je suis très fatiguée*, digo a ele, estou morta de cansaço, meu velho. Ele me entende, me diz para descansar, que fiz tudo aquilo que devia, agora posso ficar um pouco ali, esticada em cima de um colchonete e repousar, que eles cuidam de mim. Eu digo, Mas se eu fico no meio de vocês, aqueles lá não vão vir aqui me encher o saco?

O homem dos dentes de ouro diz: Aquela é uma gente que fechou o coração, não tem mais nada no lugar do coração, *ma petite*.

Sim, eu sabia que vocês podiam me entender, rapazes, eu digo.

Depois, vejo que entre os discos de jazz tem também um velho disco de Guccini, um vinil antigo, é o disco *Radici*, olho o preço, é muito caro, por que custa tanto aquele disco velho?, me pergunto, e acordo de repente.

8.

Ganhei o prêmio da Caixa Econômica de Gênova e Impéria. Fiquei em primeiro lugar com uma redação cujo título era mais ou menos assim: se de repente você se visse com um monte de dinheiro na mão, digamos, um milhão de liras, o que você faria com ele?

Eu nem me toquei que estava escrevendo sobre aquilo para um concurso, que era uma espécie de competição em que se podia ganhar uma coisa qualquer, eu sou distraída na escola e, quando os outros falam, nem sempre eu entendo. Então para mim aquela era uma manhã como qualquer outra, uma redação como qualquer outra. Estavam ali a escola, as carteiras, a professora, os cadernos e os livros. Estavam ali os colegas, Gaggero Marco, Rinaldi Patrizia etc., e estava ali eu, sempre um pouco fora do ar, fora de sintonia, com o nariz escorrendo por causa de um resfriado, pensando se tinha esquecido o lenço, como sempre acontecia, e então eu limpava o nariz na manga do avental preto que no fim da manhã estava todo cheio de listras prateadas. Mesmo assim, toda vez que tem uma redação para fazer, eu entro nela, é fácil para mim, a professora dispara o título e penso nele um átimo de segundo e daí já parto para a contação das coisas que me aconteceram, das minha ideias, das aventuras que imagino viver. Eu me enfio nesse mundo feito de cadernos e linhas e canetas e imaginação e me sinto ótima. Os colegas muitas vezes não sabem nem por onde começar, ficam olhando para o vazio, a caneta na boca olhando o teto e o título escrito no quadro. Volta e meia a professora adverte aqueles asnos dizendo: Atenção, a redação não está escrita no teto.

Eu já disse e repito, se na minha vida me sinto deslocada, diante de uma folha de papel e de uma caneta eu me sinto bem. E assim também foi naquela manhã da redação para o concurso, eu me joguei com tudo. Bem, se eu tivesse esse milhão, o que eu faria, antes de tudo eu compro uns vestidos lindos para a mamãe, e também coisas gostosas de comer, aí dou mais um dinheiro para ela, para ela sair daquele bar em que precisa trabalhar quando Renato não ganha dinheiro. Daí para o meu pai eu daria um belo carro novo de corrida, pois ele é um verdadeiro piloto e sabe andar na estrada cortando o vento como uma flecha, é a paixão dele. Então compraria alguma coisa para mim, agora não me vem à cabeça o quê, mas daqui a pouco eu descubro. Nesse ponto, enquanto escrevo, percebo que para impressionar devo dizer algo sobre a bondade, e então acrescento: Depois eu construiria hospitais para todas as crianças pobres e daria uma graninha a todos os moradores do nosso bairro, que dão duro e vendem o almoço para comprar a janta, eu passaria como uma ricaça e diria: Vocês, que são uns pobres coitados e já sofreram tanto por virem do Sul da Itália, abandonando suas famílias e suas cidades, vocês, pobres sulistas, saibam que os seus problemas acabaram! Porque eu estou aqui! Que eu ganhei, sei lá como, um poço de dinheiro e agora distribuo lindos presentes a todos. Peguem, caros amigos sulistas.

A professora, eu lembro que ela leu a redação assim que entreguei, mesmo porque, ainda que eu cometa um monte de erros de gramática e tudo mais, sou um jato preenchendo todas as linhas obrigatórias, e volta e meia preencho o dobro daquilo que foi pedido. Ela lê tudo e eu a vejo ficando vermelha como um tomate. Me diz: Mas, Rossana, o que você escreveu? Que história é essa de sulistas?

Bem, essa é, professora, eu digo, essa é a verdadeira realidade dos fatos!

Olha, para mim não parece ter um desenvolvimento apropriado, ela diz, eu não mandaria para o concurso da Caixa Econômica.

Sinto me subir imediatamente uma fúria por dentro, digo: Como não? Por que não? É a minha redação!

Ela continua olhando a folha toda preenchida pela minha letra grande e carregada e comprime os lábios.

Eu digo: Professora, se não mandar minha redação eu vou contar para o meu pai, que é policial!

Está bem, volte para o seu lugar, ela me diz.

Meu pai já foi expulso da PM, mas conto com o fato de que essa professora que sempre me põe para baixo nunca saiba disso. Um mês depois, a inspetora bate na porta e diz: Tem um senhor aqui, sobre o prêmio da Caixa Econômica.

Silêncio total.

Um cara magricelo e espigado, com bigodinho e uma jaqueta de couro marrom, entra na sala, diz o meu nome. A professora diz: Rossana, fique em pé. Eu fico em pé, penso: E que foi que eu aprontei agora?

O cara de bigode me anuncia como a vencedora do primeiro prêmio pela redação sobre o dia da economia.

Eu demoro um bom tempo até entender o que está acontecendo. Um prêmio, coisa que nunca ganhei na vida. Ainda por cima da Caixa Econômica, nós que não temos nenhuma economia nem nada de nada.

Mas, sim, o espigado me dá um cofrinho com mil liras impressas em cima, um papel que diz que sou eu a vencedora de um concurso e um envelope falando que devo ir ao banco para que me abram uma caderneta de poupança com tipo cem mil liras dentro.

Eu viro uma estátua. Às vezes a vida é bem bizarra, e, quando você menos espera, quando você acha que até as ovelhas te dão coices na cara, como dizia a vizinha de casa, a dona Assuntina, eis que ela te dá um presente!

9.

«Eu vi aquilo que nenhum escritor jamais deveria ver: o lugar inconsciente de onde provêm todos os meus romances», escreve Martin Amis, em seu livro de memórias, *Experience*, iniciado logo após a morte do pai, o escritor Kingsley Amis. Isso aí uma parte de mim sempre soube, de onde vêm os meus romances, de onde saltam meus personagens loucos e marginais, mas nunca quis me deter muito tempo pensando na questão. Às vezes despontava em mim a ideia de que, sem Renato, sem ter tido o pai que tive, eu não escreveria. Eu me perguntava se em algum momento quando eu era criança eu havia desejado um outro pai, um normal, um daqueles que a maior parte das minhas colegas de escola tinha. Um desses com um trabalho ordinário, um jeito indiferente de estar no mundo, equilibrado, um pai taciturno como eram muitos pais de amigas minhas, que eu lembro de serem todos silenciosos, meio desajeitados e mais respeitados do que as mães, mais rígidos do que suas esposas.

Uma vez, há uns dez anos mais ou menos, quando Renato teve uma pneumonia terrível, eu me peguei pensando: ora, se ele se for, não vou escrever mais nenhuma linha. Acabou. Esse pensamento me inquietou.

Em uma livraria da rue Monge especializada em textos de psicanálise encontrei diversos volumes de um psicanalista que havia estudado a criatividade e a loucura de alguns escritores, escreveu sobre Dostoiévski, sobre Kafka, sobre Virginia Woolf e outros. Eu os comprei e comecei a ler aqueles ensaios complicados, tendo a impressão de que o homem às vezes olhava direto e sem medo dentro da vida dos artistas. Outras vezes, porém, parecia que não, ele não era capaz de sentir as coisas como elas eram, não conseguia, e se punha a elucubrar. Mas uma coisa parecia evidente, se esse analista havia entrado na mente de gente assim tão atormentada, brilhante e esquisita, talvez pudesse entender algo também de mim. Talvez eu não manifestasse sinais de loucura e desespero tão agudos como aqueles gênios da literatura, mas, para dizer a verdade, eu me sentia uma espécie de irmãzinha menor deles, menos complicada, quem sabe, e menos genial, mas basicamente éramos da mesma família, a família daqueles que não sabem estar no mundo de maneira simples, satisfeita. Aqueles para quem tudo pode virar uma catástrofe.

Então procurei o número de telefone desse doutor D. e liguei para ele. Estava um pouco agitada, achava que, sendo um psicanalista, e dos famosos, ele me cobraria um caminhão de dinheiro a cada sessão, e eu só me imaginava com cara de merda quando, sentada na frente dele, eu deveria dizer que gostaria de ser paciente dele, mas não tinha dinheiro para pagá-lo. E assim o caminho em direção à normalidade e à saúde mental me escaparia mais uma vez.

De todo jeito, tive um primeiro encontro com ele, criei coragem e fui ver o tal doutor D., que eu achava que fosse muito grande, alto, moreno e imponente, imaginava parecido com o ator Vittorio Gassman, não sei por quê. Em vez disso, o doutor D. era um homem magrelo, com uma coroa de cabelos grisalhos que desenhavam uma faixa em volta da careca, um olhar vivo que me parecia irônico, sabichão, pensei eu.

Ele vestia um terno cinza-claro, antiquado, anos 1970, apertou minha mão e me levou a umas salas do seu apartamento bagunçado, com as paredes ocupadas quase totalmente por estantes cheias de livros, e também mesas e mesinhas repletas de revistas, pastas, fotocópias, catálogos de arte, fax, telefones, cinzeiros cheios de pontas de cigarro e alguns quadros muito diferentes entre si, uma miscelânea que incluía telas abstratas e paisagens tradicionais.

Havíamos nos sentado um na frente do outro, em duas poltronas, e eu disse a ele: Doutor, estou aqui porque me sinto fora de lugar no mundo.

Ah, é?, ele disse, e acenou com um sorriso, de sabichão, pensei eu de novo, mas também tomado de verdadeira curiosidade e de algum calor humano.

E por que você escolheu vir aqui?, ele perguntou.

Ah, simples, eu vi que o senhor escreveu sobre célebres escritores malucos, como Dostoiévski e Virginia Woolf, e então eu pensei: se ele entrou na cabeça deles, poderia saber alguma coisa da minha. Também sou escritora, mesmo que não esteja no nível desses grandes gênios da literatura mundial!

Hahaha, pôs-se a rir esse doutor D., e eu gostei de cara, senti-me aceita no mesmo instante.

Depois ele disse: Bem, mas o que a senhora faz de estranho, o que julga assim inaceitável e bizarro nas suas ações e nos seus pensamentos?

Ah, aí é que está, para dizer a verdade eu não sei bem, enfim, não faço nenhum mal, nada que prejudique ninguém, pelo menos eu acho, penso que não prejudico ninguém, exceto talvez a mim mesma. Então, quando meu pai ficou muito mal por causa de uma pneumonia, pensei que se ele morresse eu não escreveria mais nenhuma linha, e de repente, pensando em mim sem escrever, acabei me sentindo como que perdida, uma menina perdida no universo, sem um lugar onde me abrigar, eu senti, de repente, que fora dos livros não havia um lugar previsto para mim no mundo, por aquilo que sou, pelo modo como sinto as coisas, como penso a vida, por aquilo que trago aqui dentro. Não havia um lugar no universo onde eu pudesse viver.

Hmmmm, disse o doutor D., e se levantou meio rápido da sua poltrona, com um movimento que me pareceu bastante ágil para sua idade, foi em direção às suas estantes e tirou um livro, mostrou para mim, tratava-se da velha Virginia Woolf. *Moments of being*, disse o *doctor*, pronunciando um inglês carregado de sotaque francês. Lembrei-me de como passei anos da minha vida completamente apaixonada por Virginia, tinha lido tudo o que existia dela, tinha inclusive recortado de um livro e emoldurado uma foto dela dos tempos de mocinha, uma foto famosa de perfil com os cabelos presos na nuca, éramos parecidas. Eu puxava os cabelos para trás, ficava de perfil e tentava me ver no espelho, encontrava semelhanças entre mim e aquela aristocrática moça inglesa.

O psicanalista francês lia para mim alguma passagem que eu parecia reconhecer, tratava-se da primeira lembrança que Virginia consegue localizar neste seu livro de memórias: «Se a vida tem uma base na qual se apoia, se é uma espécie de copo dentro do qual colocamos coisas, então o meu copo sem dúvida se apoia sobre esta lembrança...».

O psi prossegue na leitura, procura alguma coisa, acelera e desliza rápido por algumas páginas, daí acho que encontra o que estava procurando, lê: «Até porque nunca fui à escola, jamais precisei competir com crianças da minha idade, nunca tive como comparar os meus talentos e os meus defeitos com os dos outros».

C'est très beau!, exclamou, fechando o livro, que abandonou quase caindo de uma pilha de outros livros e revistas acumuladas sobre uma mesinha.

Oui, c'est beau, disse eu, confessando-lhe também o meu amor por Virginia Woolf durante os anos de minha juventude.

Oui, c'est normal, c'est passionant, Virginia Woolf!, ele comentou.

Sim, o.k., eu disse, mas estava pensando que tinha vindo aqui para falar de mim, não da nossa querida Virginia.

Talvez ele tivesse intuído o que eu estava pensando e me disse: A senhora deve entender, Roxane, que quem nasce com uma certa sensibilidade, artística ou não, deve assumir o seu destino. Aquilo que somos, a matéria de que nossas vidas são feitas, *il faut assumer*!

...

A senhora tem sorte! Considere-se alguém com sorte! Está entre os privilegiados da humanidade, pois nunca se tornou adulta. A senhora permaneceu fiel ao sonho de menina, não se deixou absorver pelas necessidades e demandas da sociedade, pelo senso comum. Portanto, ainda está viva!

Eu?, disse.

A senhora gostaria de iniciar uma análise? Tem certeza? Pois eu acredito que os artistas não precisam de análise, os artistas encontram seu modo próprio de se cuidar e se curar, por meio de suas obras, de sua arte!

Tem certeza?

Ah, oui, absolument. Também Freud, a certa altura, diz algo do gênero.

O.k., eu disse.

O que pensa disso?, ele perguntou.

Bem, gosto disso que o senhor me diz, mesmo que eu ache que vou continuar me sentindo uma extraterrestre pelo resto dos meus dias.

Muito bem, assuma isso! Assuma essa parte que se sente *déracinée*, desenraizada, desadaptada, isso a levará longe!

Eu fiquei ali, meio sem saber o que pensar, avaliei em poucos segundos diversas hipóteses, pensei que aquele psi não entendia de porcaria nenhuma, ou que não me queria por perto porque já tinha entendido com quem teria de lidar, que eu seria uma perda de tempo para ele, um caso pouco desafiador, banal até, a italiana, a terrona que pensa ser parecida com um velho retrato de Virginia Woolf. Ah, Jesus.

Eu disse: Concordo, mas, segundo o senhor, podemos nos rever algumas vezes para trocarmos algumas ideias, para falarmos um pouco das coisas?

Sim, sem dúvida, ele respondeu, mas uma análise eu desaconselho, sinceramente!

Tudo bem, eu disse, sentindo a sensação mortificante de ser recusada e abandonada até por aquele sujeito. Acrescentei: Escute, doutor, enquanto vinha para cá, eu me perguntava se o senhor cobra muito caro, se uma terapia com o senhor me custaria demais.

Ah, então a senhora acredita que o preço a pagar para receber uma escuta seja alto demais?

Ah, eu disse, e senti minha garganta se apertar.

Bem, eu sigo a regra de ser pago conforme as possibilidades econômicas dos meus pacientes.

Está bem, eu disse, olhei a hora, tínhamos conversado cinquenta minutos exatos, fiquei em pé e fui até a porta. Ele veio atrás de mim, apertou minha mão e repetiu que eu deveria ligar se quisesse revê-lo.

Eu disse que o procuraria sem dúvida, só que nunca mais vi o doutor D. Alguns anos depois eu li no *Le Monde* um artigo que falava de sua morte.

10.

É um dia de inverno, estou no Ensino Fundamental, mamãe me vestiu bem, colocou um bom casaco que ela mesma costurou, um gorro de pelica sintética branca que a gente amarra embaixo do queixo, e saímos. Ela me diz: Rossà, precisamos conversar sobre algo importante com uma pessoa, seja boazinha, não diga nada, deixa que só a mamãe fala.

Tudo bem, eu digo.

Pegamos o ônibus e descemos na primeira parada de Savona, aquela na frente da Torretta, entramos no supermercado Upim e eu fico bem feliz, vai que saio dali com um presentinho, ou que a gente faz uma compra grandona. Porém, ela tinha dito que estávamos indo conversar com alguém, não fazer compras. Entramos e mamãe aperta a minha mão, quase me machuca, aperta forte, me arrasta ao longo de toda a loja até que chegamos à porta de uma sala. Batemos, e um homem alto, magro, com poucos cabelos abre a porta para nós, não sorri nem nada, diz para a gente sentar, e eu me pergunto quem é afinal esse cara, depois aos poucos ele começa a falar com a minha mãe e eu entendo do que se trata, ninguém me explica bem, mas, visto que sou uma menina atenta, entendo por mim mesma o que aconteceu, papai ficou sem dinheiro e para comprar comida roubou no supermercado e foi pego, não sei bem se querem mandar ele para a cadeia ou o quê, não entendo bem isso, mas escuto minha mãe, que, com grande habilidade, despeja um palavrório incrível e constrói todo um caso clínico e social do meu pai. Diz que ele não é mau, que é um bom homem, está apenas muito deprimido porque foi cortado da PM, que era um bom policial, que salvou pessoas durante a famosa inundação de Gênova, que até fez o parto de uma mulher que tinha ficado presa na enchente, ele sozinho e um colega muito jovem a fizeram dar à luz, que ele recebeu uma medalha de honra ao mérito por isso e tal.

Desculpe-me, senhora, mas se ele era tão bom, por que foi desligado da corporação?

Por quê?, ela repete e me lança uma olhadela, como que pedindo uma sugestão. Depois volta a olhar para o homem e diz: Porque o mundo está cheio de injustiças!

Bem...

Porque meu marido sempre foi um homem sincero, alguém que nunca soube lamber as botas e puxar o saco dos superiores!

Fala e fala, tem uma voz doce, mas também orgulhosa, cheia de dignidade, me levou junto com ela para mostrar que eu existo, que sou pequena e que seria um trauma para mim ver o meu pai terminar na cadeia...

Saímos até que contentes, Concetta obteve aquilo que queria, o mercado diz que retira a queixa, Renato pode respirar aliviado. Como estamos contentes, eu digo: Vamos festejar então, mami?

Não há nada para festejar, Rossaninha, ela me diz.

Dizem para mim que era como se eu não quisesse vir para o mundo, dizem que nasci toda desacertada, dando um grande cansaço na minha mãe, dizem que eu estava toda virada do lado errado e que tinha o cordão umbilical em volta do pescoço e de um braço, e que eu estava na posição invertida, e estar invertida é um sinal do meu jeito torto de vir ao mundo, de ter sido desajeitada logo de cara. Já saí assim.

Dizem também que nasci muito peludinha e que pareço com a vó Regina, a avó cigana, dizem que eu não parava quieta um só momento, que mal se distraíam e já não me encontravam mais, dizem que tudo era motivo para eu me colocar em perigo. Se havia uma janela aberta, eu arrastava uma cadeira para subir em cima. Se havia alguma tomada, eu enfiava os dedos, os grampos, os alfinetes. Se havia uma panela com água fervendo no fogão, eu já me agarrava nela.

Se me fazem aquelas perguntas de quantos anos você tem, ou como você se chama, ou você gosta de ir para a escola, eu não respondo, não gosto de perguntas, não gosto de pessoas que querem se meter na minha vida. Muitas vezes fico preocupada, tenho medo de que minha mãe saia de casa. Aconteceu com a mãe da Gabri, que era garçonete no restaurante do Gino e um belo dia desapareceu, se mandou atrás de um rapaz, um caminhoneiro de cachos louros e palito de dente na boca, ela pegou e fugiu, deixou só um bilhete pedindo para ser perdoada. Uma tarde, a Gabri me mostrou o tal bilhete famoso, escrito com uma letra de criança e cheio de erros. A Gabri ficou com a avó e mandou ver na comida e come e come, ficou obesa, coitada da Gabri. Concetta, quando fica brava, diz que nós damos muito problema, daí ameaça nos deixar, ameaça ir embora também ela, como fez a mãe da Gabri. Nessa época há muitos jovens *beat* que se mandam de casa, saem da escola, abandonam o porto seguro para buscar a boa vida por aí, rodando, pegando carona, calça jeans e uma mochila nas costas, e eu consigo ver minha mãe indo embora assim, com as suas minissaias de camurça, as pernas ao vento e toda decotada, porque ela gosta de mostrar que é uma mulher bem feita. Também quando me deixa para trabalhar em um bar eu sinto que não tenho mais um lugar para ficar tranquila. Às vezes começo a desenhar para passar o tempo, até que não é ruim passear com os lápis de cor no papel, e daí fazendo isso eu tenho um plano, vou mostrar tudo isso para ela quando ela voltar. Sempre acredito que ela volta. Enquanto faço os desenhos eu me sinto bem, aquele negócio que me aperta a garganta de vez em quando, que me dá dor de barriga, desaparece, vai embora.

No dia em que querem me levar para a escolinha, eu me recuso, como me recuso depois, em seguida, a ficar com a Mariapia quando ela me deixa à noite para ir fazer as aulas da autoescola. Choro e faço o diabo, quebro xícaras e puxo as roupas do armário. Assim eu consigo ir junto à autoescola, fico sentada atrás, ela, nervosa, que treme do nada, que não leva muito jeito para dirigir, que o instrutor daí se aproveita para tocar nos joelhos bronzeados dela ou nas pernas mergulhadas na meia-calça brilhante. O instrutor é um porco, eu queria que ela não tivesse mais outras aulas de direção.

11.

Papai foi mandado embora outra vez, está desempregado de novo, e mamãe costura roupas, cortinas e borda os lençóis e as peças íntimas dos Ferrari. Observo mamãe, que, ponto após ponto, durante horas seguidas, um dia depois do outro, gasta o tempo a costurar e bordar as iniciais nas roupas de baixo e nas camisas daquelas pessoas detestáveis cheias de dinheiro. Isso me traz uma grande inquietação. Até Renato fica bem de saco cheio por sua mulher ser obrigada a bordar para aqueles pedaços de merda!

Eu digo: Mami, mas por que esses bostas não costuram eles mesmos as iniciais nessas merdas de camisas? E ainda qual a necessidade de colocar essas iniciais, eu digo, eles têm medo de não reconhecerem as próprias roupas?

Isso, muito bem, você fala muito bem, vocês dois são muito bons para falar, você e teu pai, mas se eu não me enfurnar na costura para esses senhores, depois, na hora de sentar para comer, que merda eu ponho nos pratos, hein?

Eeeehhhh... está bem, vai, você é sempre muito trágica, Concè!, diz papai, relaxa, toma um golinho, vai.

Sim, e depois quem é que vai lá no dono da casa para perguntar gentilmente se ele pode esperar ainda mais uma semana, ainda mais um mês para receber o aluguel? Hein? Quem vai lá fazer cara de merda e passar vergonha?

Oooohhhh...! Sempre muito trágica!, digo eu, imitando Renato.

A verdade, porém, é que não gosto de ver mamãe sem maquiagem e com os cabelos daquele jeito, nem bonitos, nem modernos, nem estilosos, pois não temos mais dinheiro para ir na Nilde, a cabeleireira. Não gosto quando os dois, em vez de irem dançar despreocupados e ouvir os cantores famosos, precisam ficar em casa, e ela costurando e costurando e costurando.

Renato, porém, nem assim perdeu seu hábito de ligar o carro e sair rodando por aí sozinho. Eu gostaria de ir junto, mas quando mamãe está puta da cara me diz que não tenho permissão para ir com ele, que ele só sabe me levar para os botecos onde fica lá com os amigos depravados, as putas e outras belas companhias.

Um dia eu digo a minha mãe: Mami, mas por que você também não dá uma de puta?

Não sei bem por que aquela frase, não consigo explicar a ela que eu não pretendia sugerir que ela virasse prostituta. Talvez, na minha cabeça de menina, eu queria que ela ficasse só um pouco mais tranquila, como Renato, que não perdia o sorriso, não perdia a vontade de fazer festa mesmo nos períodos em que não tínhamos nem uma puta lira. Ele continuava vivo. Ela se angustiava e se entristecia.

Minha mãe me lançou um olhar amargo, um olhar que subitamente nos distanciava, que nos tornava inimigas. Era um olhar de ódio e fracasso. Disse: Eu não sei o que passa na tua cabeça, eu não sei se você é mesmo minha filha, eu não consigo de verdade entender como você pensa!

Dei de ombros, ferida de morte, mas fingi que não era comigo, abafei as lágrimas que queriam sair.

Ela disse ainda, retomando a costura: Você é que nem ele! Vocês são iguais, egoístas e indiferentes. Se o mundo estiver caindo na cabeça de vocês, vocês só dão um passinho para o lado e beleza.

Um domingo, estamos eu e ela caminhando pelas ruas de Savona. Fomos passear já cedo, as lojas ainda fechadas, tudo parado, um clima sonolento. Eu queria dormir, coisa que adoro, porém mamãe me acordou e disse hoje vamos passear. Faz frio, estamos em outubro ou novembro e não é um bom dia para ficar zanzando. O que entendi é que ela queria fugir de Renato. Ele está numa de suas fases terríveis e aí cai na bebedeira, quando fica assim corremos o risco de ser agarradas, de apanhar, e então devemos sair de casa, precisamos ficar o maior tempo possível longe de casa, pois ele está fora já faz dias e quando volta as coisas ficam feias. Eu queria fazer perguntas, saber onde está Renato, quando volta para casa e por que não dá sinal de vida há três dias, mas entendo logo, no olhar que Concetta me lança, que é melhor fechar a boca. Não gosto nada quando a gente sai perambulando por aí como duas miseráveis, quando nos sentamos nos bancos dos jardinzinhos ou entramos num bar para ela tomar café e eu, refrigerante. Não gosto nada e queria saber quem vai me devolver a vida de antes, quando eu tinha um pai e uma mãe que concordavam, que riam e dançavam e me diziam para ir pegar um sorvete porque eu sabia que eles estavam com vontade de fazer o que bem entendessem. Eu pergunto a mamãe: Mamãe, mas antes nós éramos gente civilizada ou sempre fomos selvagens?

Ela já me olha toda furibunda, entendi de novo que tinha dito mais uma coisa que não devia. Daí fico esperando que ela me odeie novamente e me xingue. Mas

ONDE VOCÊ VAI ENCONTRAR UM OUTRO PAI COMO O MEU

dessa vez não foi assim. Com essa mãe, toda vez que digo algo, nunca dá para saber bem o que vai acontecer. Vejo que agora ela de repente começou a chorar. Continuamos a caminhar, ela pega na minha mão e caminhamos em silêncio, sem resposta para a minha pergunta. As lágrimas caem pelo rosto dela e, mal saem, vejo que ela já tenta enxugar. Mas quanto mais ela enxuga, mais elas lhe vêm. Minha mãe não é boa em segurar as lágrimas. E me diz: Não é nada, Rossaninha, não é nada.

Bem nessa hora me vem uma vontade de chorar também. Mas ela diz: Não chore, não chore senão eu me acabo de chorar ainda mais.

E então eu obedeço, enfio para dentro as minhas lágrimas mais uma vez.

Ela diz: Escute, tenho uma ideia! Vamos comer uma bela pizza?

Sim!, eu digo.

Vamos no Nicola!, ela propõe, enxugando umas últimas lágrimas desgraçadas que fizeram também a sua maquiagem escorrer.

Chegamos à pizzaria do Nicola, que traz escrita na placa: No Nicola, uma pizza te consola, e antes de entrar minha mãe limpa os olhos com saliva, daí se inclina para mim e me pede: Olha para mim um pouco, parece que eu chorei, pareço um filhote de cruz-credo? Pareço uma bruxa?

Eu digo, Mas claro que não, está ótima, mami! Você tem estilo!

Então entramos e comemos uma bela pizza marguerita cada uma, e eu ainda pego um sorvetinho no final. O dono diz frases gentis e melosas para a minha mãe, é um porco como todos os machos, que toda vez agem assim, desaforados, quando passeamos sem o Renato, sempre pronto para sentar a mão em todo mundo.

Quando saímos, depois de Concetta pagar a conta e se despedir com um sorriso, ela pega de novo a minha mão e eu sinto que ela aperta forte, mas a sensação é estranha porque parece que ela não aperta do jeito que uma mãe aperta a mão da filha para transmitir segurança. Parece mais que ela é a menina procurando a mão da mãe ou do pai. Parece até que treme um pouco. Tenho certeza que está triste por causa de Renato, e por isso eu quero protegê-la, não gosto mais de Renato, por nada nesse mundo, queria mesmo que desaparecesse da face da terra essa merda de pai que eu tenho. Ele e toda a raça dele, que só sabem envenenar a minha mãe.

12.

Uma ansiedade me invadiu nesses últimos dias, sensação de não ter tempo, ou calma, ou força, ou talento suficiente para escrever este livro, para levá-lo até o fim. Tenho medo de não conseguir, levanto-me cedo, coloco o despertador para as sete, sete e meia, daí fico na cama uma meia hora, desorientada, sem conseguir me levantar, tento me lembrar dos sonhos que acabei de ter, os sonhos desses dias me parecem importantes, acho que eles podem me mandar mensagens de Renato, algo que vai esclarecer de uma vez por todas os segredos da vida e da morte.

O que estou buscando fazer nesses dias, desde que papai não existe mais, é tentar ver as coisas com uma luz nova. Não me ver somente como a filha de dois pais desequilibrados a quem deixaram faltar um monte de coisas. O que está acontecendo comigo é que me percebo vendo cada vez mais Renato e Concetta, e a história deles e as vidas deles, de um outro ponto de vista.

Reflito sobre o fato de terem nascido nos anos 1930, em condições muito difíceis. Digo a mim mesma que chega um ponto em que se torna vital parar de ser só a menina puta da vida com o mundo, ou a jovenzinha que sofreu com este ou aquele erro, e que acaba sendo interessante tentar ver a vida de meu pai e de minha mãe para além do fato de terem sido meu pai e minha mãe. É uma mudança de perspectiva, e transforma tudo.

Começo a pensar naquilo que os dois sofreram, começo a levar em conta o fato de terem nascido em 1935 e 1932, no Sul da Itália, em duas famílias pobres e sem recursos, sem cultura, sem nada. Comecei a imaginar minha mãe menina, as poucas lembranças da sua infância que ela às vezes me contava, Molise durante a guerra, os bombardeios, o pai preso pelos alemães por causa de uma confusão com nomes iguais, o frio, a fome, as doenças. Na maior parte de suas lembranças a fome estava lá, e as queimaduras nas mãos e nos pés por causa do frio, e as surras que sua mãe lhe dava. Também os poucos anos de escola que ela conseguiu fazer, e um detalhe que sempre me desconcertou, minha mãe, para ir à escola, atravessava meia cidade a pé, com a neve, o gelo, os tamanquinhos de madeira, e muitas vezes precisava levar uma cadeirinha de casa para se sentar, e as crianças tinham de arranjar uns pedaços de madeira se quisessem se esquentar na aula.

Então, se comparo a menina Concetta, chegando com queimaduras nas mãos e nos pés, o estômago vazio e uma pneumonia que (eu não entendia o motivo) a deixava morta de vergonha, se eu a comparo com a mocinha, depois com a jovem mulher que conheci nos anos 1960, uma mulher bonita, simpática, desenvolta e cheia de graça, mas que também sabia usar frases duras com qualquer um que precisasse de um corretivo, então chego a isso, se repenso a vida daqueles dois, fico admirada com aquilo que ainda assim conseguiram fazer, com a energia que ambos tinham, com o modo como Renato e Concetta conseguiram cair fora de seus passados de bombardeios, fome, miséria absoluta, de falta de amor e de cuidado, e de como se encontraram e se apaixonaram, de um jeito todo deles, e depois decidiram de repente me colocar no mundo, e eu, nascendo pouco depois de um ano do casamento deles (8 de julho de 1962) e, pelas fotos que encontrei, percebi que fui ainda acolhida com alegria, e amada e festejada. Há uma foto que revi na casa da minha mãe, Concetta havia acabado de me dar à luz, na cama, cansada mas linda, e Renato, feliz, se rindo todo, e eles me tocam e me abraçam os dois, estou cercada de quatro braços e quatro mãos, e os rostos deles dizem à câmera: É nossa, é nossa filha, e fomos nós que a fizemos!

O encontro, portanto. Estamos em 1957, Renato faz o curso oficial dos policiais militares em Roma, lá encontra tio Gennaro, irmão de mamãe, ele também está se preparando para a profissão de policial, logo se tornam grandes amigos, melhores amigos, e esse fato sempre me deixou perplexa: tio Gennaro é um homem sério, de poucas palavras, um homem doce, paciente, educado por um pai muito rígido, que era o vô Leonardo. Renato era Renato, um baderneiro, um lunático que já não se submete à disciplina da corporação, foge sempre que vê uma chance, pega atestado fingindo doença, chega tarde, se perde atrás das mocinhas mais ou menos alegres, como ele as chama, é preso, ameaçado de expulsão. Gennaro e Renato se deram bem, como às vezes acontece entre pessoas diferentes, organizam saídas com as moças, tiram fotos juntos na frente dos lugares famosos de Roma, uma foto na via Appia, outra na frente da Fontana di Trevi, da praça Navona, no Campo dei Fiori abraçados ombro a ombro, sob o olhar severo da estátua de Giordano Bruno.

Gennaro, durante o feriado da Páscoa, convida Renato para ir ao Campobasso, quer apresentar o amigo à sua família.

Concetta vai à estação esperar o irmão que volta de Roma, se enfeita toda, adora se vestir bem, ela leva muito jeito com a costura, é costureira junto com a mãe

ONDE VOCÊ VAI ENCONTRAR UM OUTRO PAI COMO O MEU

e a prima Carmelina, fazem bordados para os enxovais das futuras noivas, bordam lençóis, fronhas, toalhas, e ela ainda é boa em fazer saias e blusas femininas, vestidos e camisolas, inventa para si até uns curiosos chapeuzinhos de mulher que pega nas revistas de moda. Naquele dia, na estação, ela veste uma saia justa, com uma abertura atrás e apertada na bunda, apenas um pouco abaixo dos joelhos, talvez tenha pegado o modelo em algum filme americano da época, talvez um filme com Lauren Bacall, ou Rita Hayworth ou Doris Day. Usa uma camisa clara e uma jaquetinha bordô nas costas, os cabelos lisos, só um pouco armados e divididos por uma linha num dos lados. Enquanto o trem se aproxima da estação, Gennaro e Renato já estão apoiados na janela, como muitos outros viajantes. Concetta mal vê o irmão e já acena, sorri, e Renato se sente fulminado.

Meu caral..., Gennà, olha que espetáculo aquela moça ali, minha nossa, deve ser uma vadia de primeira categoria! Mas é linda!

Mas quem? Mas o que você está dizendo, Renato?

Ali, aquela de jaqueta bordô e a camisa clara com aquele peitão todo e aquela bunda!

Mas, Renà, olha bem o que tá dizendo, aquela é Concettina, é minha irmã! Fica o dia inteiro em casa costurando com mamãe!

Afe!

Descem do trem, se apresentam, Concetta vai dizer depois que achou curioso Gennaro ter levado para casa aquela figura, um completo biruta, ela logo percebeu, alguém para manter à distância.

Renato me dizia, quando eu era criança: Hein? Eu mal vi tua mãe na estação e já pensei: eita, porra! É ela! Essa é que vai ser minha mulher e a mãe dos meus filhos!

Volta e meia eu me perguntava como um tipo assim tão molambo e autodestrutivo pôde ter sentido logo de cara, com clareza, os seus sentimentos, as emoções que Concetta suscitava nele, como sentiu que estava se apaixonando e que não largaria o osso. E como conseguiu depois proteger por toda a vida esse sentimento, como fez para preservar da destruição esse amor que continuou a existir atravessando os anos, as brigas, as bebedeiras, as doenças e os acidentes.

Fico imaginando eles jovens, ela, vinte e três, e ele, vinte e cinco anos, minha mãe linda e rabugenta, zangada, com o pai ferroviário, rígido, com a mãe que a leva na rédea curta, e Renato todo troncho, já com úlceras no estômago e outros tantos problemas de saúde, sem dinheiro algum, na bagagem só lutos, traumas e dentes tortos. De onde ele tirou a confiança de que poderia conquistá-la? O que lhe permitia ter esperança ou mesmo apenas imaginar que aquela moça linda se meteria com ele, se casaria com ele e o seguiria pela Itália em seu trabalho de policial? Mistério.

E como a coisa se desenrolou? O que aconteceu então? Eu perguntei isso aos meus pais uma vez que fui visitá-los há uns dez anos. Estávamos almoçando na cozinha e pela janela entrava um lindo sol de primavera, os dois se alternavam na narração, papai dizia: Pois é, aconteceu que fomos almoçar na vó Filomena e no vô Leonardo, e eles comiam em silêncio, muito sérios, você sabe como era o vô Leonardo, não gostava de falar enquanto comia, e eu não estava com fome, nada me descia, eu continuava encarando Concettina e pensando: Você será minha! Você será minha e de mais ninguém!

E você, mami? O que pensava?

Como assim, o que eu pensava! Nada, eu tinha muitos pretendentes, sabe, tinha o filho do ourives Colavita, o filho do farmacêutico Palumbo e ainda Picrino Lombardi, o jogador! Jogava no time de futebol e estava completamente apaixonado! Também, eu tinha um corpinho bonito, um rosto bonito e me vestia bem, sabe, fazia umas camisas, umas saias que me valorizavam muito, e imagina se eu dava alguma bola para esse aí, todo meio doente, que não comia nem a pasta ao sugo que tínhamos preparado! Sabe o que ele fez uma hora? Ficou de pé e disse: Mas, Gennaro, eu tô num velório? Vamos festejar um pouco, ou precisamos tirar o lenço do bolso e começar a chorar? Sacou um par de discos que tinha levado e disse: Tem aí um gramofone ou um toca-discos, qualquer merda para a gente ouvir um pouco de *swing*?

Ele pega, coloca um disco de *bughi bughi* e diz para o meu pai: Com todo o respeito, dom Leo, permitiria que eu tirasse sua filha para dançar? Aí ele me agarra e começa a ensinar passos de *bughi bughi*!

E o teu pai, o que disse?

Meu pai, contrariado, não abriu a boca, terminou de comer, levantou e saiu. A vó estava agitadíssima, um vermelhão no rosto, não podia acreditar que Gennaro tivesse levado aquele sujeito para casa, nunca tinha visto alguém que interrompe o almoço, se levanta enquanto todos ainda estão comendo, coloca música e dança!

E aí?

Ah, uma bagunça! Quando Renato foi embora, a vó disse para o tio Gennaro: Você nunca mais traga uma pessoa assim selvagem a esta casa, um bárbaro! E você, ela disse virada para mim, você nunca mais faça caras e bocas ou dê uma de vagabunda na minha casa com um qualquer assim!

E acabou ali?

Terminou assim. Renato desapareceu por dois anos. Porém, eu tinha ido a uma cartomante, prima de uma amiga minha, e ela tinha visto um homem de uniforme no meu futuro, um homem que tinha perdido a cabeça por mim. E me disse: Concettì, você vai fazer de tudo para fugir desse homem, mas lembre-se: por mais que a gente consiga fugir para bem longe, o nosso destino sempre nos seguirá.

Minha nossa!, eu disse.

Sim, é assim, disse minha mãe, eu tentei me livrar dele a vida inteira, mas sei que a gente é mesmo cu e bunda!

13.

Estamos num bar, eu e minha mãe, estamos em pé no balcão e ela bebe um café ou um aperitivo, bebe alguma coisa, dá uns golinhos e sorri para o garçom, eu fico olhando para ela, observo seus gestos, os olhos maquiados com uma sombra verde-esmeralda, os lábios com batom rosa, e um vestido lindo, verde, que modela a bunda, deixa a cintura fina e aperta a barriga, e ela lá falando com o garçom, que faz algum elogio. Ele está dizendo algo do tipo: Bem, uma mulher linda como a senhora, eu só imagino o que eu faria.

Eu digo: Já terminou de torrar o nosso saco, velho porco?

Minha mãe me diz: Ei, mas quem te ensina essas vulgaridades?

Eu digo: E esse aí, se não acabar agora, eu sento a mão na cara que ele vai ver só. Vai virar do avesso!

Minha mãe abre a bolsinha e tira o dinheiro para pagar o café ou o que quer que tivesse bebido. Eu não peguei nada, estava com a barriga revirada e uma vontade danada de fazer o número 2. Ela me olha com olhos cortantes, é um olhar feio e mau, e me diz, em voz baixa: Lá em casa a gente acerta as contas.

Na rua ela me pega pelo pulso e me puxa forte para sairmos rápido dali, como se de repente o bar tivesse começado a pegar fogo.

E aí ela me diz: Mas onde você aprende essas coisas? Mas que diabo te ensina isso?

Eu digo: Foi o papai mesmo que disse que eu podia xingar.

Ah, aquele imbecil do teu pai!

Ele disse que eu podia. Que quando precisa, precisa!

Você e ele são iguais, dois cabeças de vento iguaizinhos. Jesus Cristo, me diz que mal eu te fiz!

Eu fico orgulhosa de ser como o meu pai, mesmo que ele às vezes esteja em casa, outras vezes não esteja. Quando ele volta é festa. Só de vez em quando que, quando volta, é pior que a Segunda Guerra Mundial, começam umas brigas violentas. Quando mamãe está contente, fazemos festa e comemos tortellini, ou ravióli, ou lasanha no forno. Quando está mal, porém, mamãe baixa as persianas, vai para a cama, não quer me ver, não quer ver ninguém no mundo. É tomada de vergonha por sermos quem somos, fica de saco cheio da nossa vida, dela, do meu pai, do mundo inteiro, e não quer mais ver ninguém.

Eu disse isso para a tal que me interrogou na escola. Chegou um dia e a professora me disse para conversar com ela, que ela me faria umas perguntas depois do recreio, que era uma coisa para me conhecer. Por que era só eu que ela queria conhecer naquela turma de bestas e animais, não entendi. Mas fui. Ela me perguntou: Como estão as coisas em casa?

Na minha casa? E como deviam estar? Está tudo bem.

Tem certeza?

E o que você quer, é você quem deve chegar e me dar educação?, perguntei. Acho que alguém deve ter contado que no recreio eu me pego com os colegas da escola. Eu tenho mania de dar umas patadas mortais, sei chutar com força todos os idiotas que me enchem o saco. Também sou muito boa em cuspir e empurrar.

Uma vez, atirei uma pedra no Marcelo, irmão da Vale, minha colega de mesa, e foi bem na cara dele. Aquilo eu não devia ter feito. Uma pedra que acertou bem no alvo, deu para escutar o stuch!, e saiu sangue, ele foi chorar para a mãe e o pai, e eles chegaram lá em casa e encheram a cabeça da minha mãe, que não sabe me educar, que sou uma selvagem que não sabe conviver com outras crianças e que agora eu passei de todos os limites, que deveriam me trancar num reformatório. Foram embora dizendo que com esses terroni é assim, não adianta nada argumentar, antes de argumentar eles já fizeram um talho na sua garganta.

14.

No sonho desta noite, eu precisava refazer os exames finais do Ensino Secundário, não entendo por que ainda estou nessa fase, não entendo por que aos cinquenta anos, e depois de formada, depois de ter escrito uma dúzia de romances etc., ainda enrosco nisso. Um profe me dá um texto em francês para ler, me chama de Rossana, usa só o primeiro nome, como se eu fosse uma criança da escola primária, eu penso mas que cara de cu, como se atreve a me examinar com um texto em francês, por acaso não sabe que conheço super bem francês, que vivi vinte anos em Paris, que os meus primeiros livros foram traduzidos em francês? Desperto por causa da angústia, mistura de raiva, medo, uma sensação de impotência que me invade. Penso que o dia começou muito mal. Sinto-me bombardeada por emoções diversas, um abatimento, parece que regredi, que tudo aquilo que vivi nesses anos, que eu parecia ter conquistado dentro de mim, a capacidade de entender aquilo que sinto, de dar um nome e uma forma, a capacidade de abraçar quem eu sou, de ter compreendido a minha emotividade, compreendido a parte de Renato que trago em mim, e parece que agora tudo se dispersou, me sinto arremessada lá para trás, voltei a ser a pequena Rossana da escola primária, a pequena inadaptada, a menina com as botinhas sujas em quem ninguém presta atenção. Talvez porque falei com minha mãe ontem à noite senti a solidão dela, o fato de que pela primeira vez essa mulher se encontra sozinha, tendo então de se ocupar apenas de si mesma. Agora de repente se encontra sozinha.

E eu? Eu sinto com clareza algo em que nunca quis prestar muita atenção. Eu me pareço com Renato? Recebi a herança genética dele? Talvez aquilo que minha mãe temia se confirmou. Somos como que gêmeos, eu e ele, como irmãos, mais que pai e filha. O que isso significa? Estou um pouco preocupada com isso que estou descobrindo.

Interrompo minhas ruminações porque preciso sair, tenho um compromisso de trabalho, devo encontrar uma pessoa que trabalha na editora. Ela começa a me falar de projetos, de apresentações e coisas de marketing ligadas aos meus livros. Faz todo um discurso que na prática vou resumir assim: Olha, Rossana, você sempre vai fazer um bom trabalho e continuar se dedicando de corpo e alma, mas precisa entender que o mercado editorial está mudando, ou melhor, já mudou, você precisa entender que é necessário inventar alguma coisa quando um livro é publicado, que hoje é necessário ter uma estratégia de marketing específica, os livros são vendidos não porque são bons livros ou romances escritos por deuses, os livros só são vendidos se você virar personalidade televisiva, ou se conseguir se vender como um caso comovente. Se você tem uma imagem que venda, então talvez as pessoas paguem aqueles dez, quinze euros para comprar seu livro. Senão, adeus!

Estamos sentados em um bar elegante do centro de Roma, perto da Piazza del Popolo, é um dia lindo de dezembro, com uma brisa boa, mas de repente eu me vi na Sibéria. De repente as coisas perderam as cores e me senti terrivelmente sozinha no mundo, um refugo, um nada, uma estúpida que ainda acredita na força da literatura, na magia da escrita, na sinceridade do encontro entre alguém que escreve e um outro que lê. Como no sonho desta noite, não sou mais uma mulher de cinquenta anos, uma pessoa com sua bagagem de experiência, de coisas sentidas, vividas e pensadas. Sou a pirralha que chega atrasada na escola, com o nariz escorrendo e sem lenço, sou a menina com sotaque do Sul que está num canto de bar vigiando a mãe que fala com o garçom. De repente, sou apenas a filha de Renato.

Nesse bar perto da Piazza del Popolo me veio uma baita dor de cabeça com uma náusea súbita, pensei que não devia ter tomado café, há alguns poucos anos o café passou a me fazer mal. Eu me despedi do rapaz e segui na direção do Pincio, comecei a enfrentar a subida sentindo que perdia minhas forças, pensei que pudesse ter pegado uma gripe naquele bar. Mas, aos poucos, conforme continuava a caminhar e fazia um esforço para me concentrar nos abetos, nos pinheiros, carvalhos e zimbros da Villa Borghese, observando a variedade de plantas e as várias tonalidades de verde e o céu azul com poucas nuvens claras no horizonte, e depois, uma vez que cheguei no alto, com a vista panorâmica de Roma, reconhecendo os tetos e as cúpulas das tantas igrejas e basílicas, comecei a me sentir melhor, a respirar, e saiu um «vai tomar no cu» direto para o rapaz e para todo aquele discurso marqueteiro. Comecei a repetir baixinho, de mim para mim: ma vai si fudê, seu bosta, tomá no cu! Continuei com a ladainha de insultos e imprecações e em seguida comecei quase a rir sozinha, pois reconheci que o Renato que carrego em mim estava abrindo caminho. Acabei me sentindo como a atriz Sigourney Weaver quando, em *Alien*, ela começa a ter convulsões até que dela saia a estranha criatura. Eis que, mal a realidade batia à minha porta, aí o monstro dava as caras, a louca no sótão, a alienada, a desadaptada, a filha do meu pai. Não sabia estar no mundo, não compreendia as regras dos humanos, as leis do capitalismo, do mercado, era uma descartada, e mais cedo ou mais tarde eu acabaria mal, acabaria embaixo da ponte ou no manicômio, como todos aqueles da minha raça. Da raça bastarda, da raça a que pertencia Renato.

Tirei um iPod da bolsa, procurava uma música apropriada para o momento, para tentar me agarrar a uma voz, a um som que me dissesse o que fazer, como me encontrar naquele momento da vida. Qualquer coisa que me consolasse um pouco, que não me fizesse sentir completamente errada do início ao fim, uma piada da natureza, uma doida varrida.

Então apostei em Tom Waits. Como em muitas outras vezes, a voz rouca, cansada, encharcada de álcool, cigarro e noites sem dormir em botecos cheios de bêbados de Tom Waits me falava às vísceras, às tripas, ao coração, me esquentava por dentro como a vodca, como o uísque que eu já não bebia havia muitos anos. A voz do velho Tom tinha o mesmo efeito da leitura de qualquer página de William Burroughs, Jack Kerouac, Kathy Acker e companhia, fazia-me sentir que eu tinha voltado para casa, que podia deixar do lado de fora o mundo hostil, um mundo que não me entendia e a que eu me recusava pertencer. Podia abrir a porta de casa e reencontrar ali dentro os meus verdadeiros pais, os avós, os irmãos, os primos e os tios, essa era a minha verdadeira família, feita de perdidos na vida, de loucos e alcoólatras, gente que não sabe estar no mundo, gente que não consegue aceitar as regras de gente grande, as regras daqueles que acordam cedo, que vão trabalhar, que compram um carro novo e pagam a prestações. Talvez eu acabe mal, mas pelo menos terei vivido aquilo que eu quis ser.

Eu disse: obrigada, Renato!

15.

Eis então que, apesar de tudo, Renato vinha em meu socorro, pois ele sempre foi a única pessoa, entre todas as que eu tinha por perto, que podia representar o sopro de ar fresco, a rebelião, a tentativa de viver de acordo com aquilo que se é e não com aquilo que os outros esperam de nós. Então fico pensando que deve ter sido difícil e uma dureza lidar com isso tudo desde criança, quando a pessoa que peguei como um aliado, que tomei por alma gêmea, a única pessoa no mundo que eu sentia ser parecida comigo, a única digna de confiança, virou um monstro, virou um outro. Virou o pai violento de quem eu devia fugir, às vezes no meio da noite, no inverno, e ficar perambulando pela cidade com mamãe, esperando o dia nascer nos banquinhos duros das estações de trem, até as seis da manhã, quando o primeiro trem nos levaria a Molise, em busca de abrigo na casa dos pais dela.

Renato sempre foi tantas coisas diferentes que se misturavam, ele por exemplo é seu amado Fred Buscaglione, o macho latino superfodão, rodeado de mulheres, uísque, cigarros e boates cheias de fumaça e *swing*, e depois é uma rosa vermelha ressecada, conservada dentro de um caderno que o comove sempre até as lágrimas e que foi dada a ele pela cantora Wanda Osiris durante um antigo Festival de Sanremo, quando Renato era ainda um recruta e andava lá por aquelas bandas. Renato é ainda a narrativa do gesto heroico durantes as grandes enchentes de Gênova nos anos 1970, quando ganhou medalha de ouro por ter ajudado uma mulher grávida presa em casa e a levou para um lugar seguro e então, com o auxílio de apenas um colega jovenzinho que estava quase desmaiando, fez o parto com as próprias mãos, ela deitada ou acocorada no banco de trás do jipe enquanto a tempestade não dava trégua. E a bebezinha recebe o nome de Renata, em homenagem a ele. E depois ainda tem Frank Sinatra, «Strangers in the night», e os atores americanos preferidos dele nos anos 1950 e 1960: Fredric March, Van Johnson, Jimmy Stewart e, óbvio, Ava Gardner (que se parecia com mamãe) e Rita Hayworth, tudo isso misturado com os puteiros que ele frequentava, só antes de se casar, afirmava ele, mas temos certeza de que também depois. E, junto disso tudo, Hemingway. Ainda que não fosse um homem de leitura, Renato amava de paixão o escritor americano,

ONDE VOCÊ VAI ENCONTRAR UM OUTRO PAI COMO O MEU

especialmente dois romances que ele lia e relia com frequência, *Adeus às armas* e *Por quem os sinos dobram*, do qual ele gostava de citar o célebre excerto de John Donne, «A morte de qualquer homem me diminui, porque sou parte do gênero humano. E por isso não perguntes por quem os sinos dobram: eles dobram por ti».

Assim, a imagem de um Renato divertido, engraçado e nada convencional passa a se misturar a outra série de recordações, em que ele aparece totalmente outro, recordações muito doídas para mim, que penei para manter junto das outras, dos momentos de alegria e de caos total que vivia com ele. Sempre lutei ao longo dos anos para manter tudo junto, para dizer a mim mesma que o belo e o terrível podem sair da mesma pessoa, e que essa pessoa não era uma qualquer, mas o meu pai. A certa altura da vida, eu devia ter uns seis ou sete anos, o que equivale a dizer que estávamos no final dos anos 1960 e início dos anos 1970, Renato passou por uma transformação. O mundo começa a desmoronar, os superiores dele não toleram mais seu comportamento, suas esquisitices, sua indisciplina, ele é cortado da corporação e então alguma coisa acontece na cabeça dele, algo que o devasta e que muda para sempre as nossas vidas. Renato começa a beber de um jeito diferente daquele como sempre bebeu, não é mais a dose para festejar qualquer coisa, para fazer farra com os amigos no bar ou nas casas noturnas, não é mais o copo levantado com um sorriso, acompanhando as merdas engraçadas que ele falava para divertir e conquistar todo mundo. Renato começa a beber como se quisesse sumir da face da terra, ou como se quisesse esquecer o mundo, apagar o cérebro, as lembranças, anular tudo. Como se quisesse se matar. E quase consegue, várias vezes. Com acidentes de carro e brigas de bar, de onde sai todo ensanguentado, com hemorragias internas, fígado detonado etc.

Em casa, pratos e copos atirados contra a parede, música a todo o volume ligada de repente na noite alta, ameaças de morte à minha mãe, vibrações péssimas que intoxicam o ar, mil cigarros fumados por raiva, para se destroçar por dentro, e uma fúria que irrompe de supetão, sem aviso, um jeito de implicar com todo mundo por qualquer motivo, é o espetáculo cotidiano do desespero e do ódio de si mesmo que vêm à tona após décadas mascaradas pela alegria exagerada e descompensada, pelo fato de criar confusão sempre e a todo custo, pelas atitudes do macho bufão.

E depois, do nada, após dias e dias de fúria doméstica, de berros, de surras na minha mãe, o desabamento. O desespero toma a forma de uma dor que explode em lágrimas, nariz escorrendo, bile e vômitos na bacia, no chão, nos lençóis. Renato aos pouco volta a ser Renato, gentil, manso, tímido, pateta, chora, se desespera, nos

ONDE VOCÊ VAI ENCONTRAR UM OUTRO PAI COMO O MEU

pede desculpas, diz que somos a única alegria da vida dele, o verdadeiro e único motivo para viver, implora perdão, implora para ainda o amarmos, para não o abandonarmos, que ele vai mudar, parar de beber, agora vai encontrar trabalho, que se fodam esses policiais de merda, que se foda a corporação e todas aquelas ovelhinhas fardadas, ele agora vai ser um homem diferente, agora vira um marido de dar orgulho, um pai de dar orgulho, Rossanì, pega o álbum de figurinhas que nós fizemos juntos, pega o livro da escola que agora nós vamos estudar.

Mesmo que ele tenha ficado muito mal por ter sido excluído da corporação, na verdade Renato sempre odiou os policiais e toda a gente que te trata como um merda, que só sabe dar ordens de manhã até de noite, sim senhor, não senhor, gente para quem se deve só abaixar a cabeça, parar de pensar, curvar as costas e deixar o cu na reta. Renato se sentiu obrigado pelo irmão mais velho a vestir a farda para mandar dinheiro para casa, são dez irmãos, três machos e sete fêmeas, e são órfãos de pai, mas ele não queria ser milico, o que ele amava era a liberdade, adoraria trabalhar, por exemplo, indo de um lugar a outro, organizar os shows dos cantores famosos da época, como fazia seu amigo Domingo, adoraria inclusive ser escritor, se tivesse tido instrução, e de fato escreve sempre, sóbrio ou bêbado, doente ou saudável, quando bate o desespero e ele tenta não afundar, quando está feliz por registrar os acontecimentos bonitos da vida, que fazem dele um homem alegre, o nascimento dos filhos, uma viagenzinha com mamãe, o reencontro com um velho companheiro de infância, uma chama antiga que reacende a memória, uma tarde luminosa que anuncia a primavera. Adoraria contar sobre a guerra e o serviço militar, por exemplo, como fazia Hemingway, e sobre todas as putinhas que encontrou no caminho, com quem se engatou ou que conquistou e por causa de quem, naturalmente, perdeu a cabeça. E depois adoraria contar sobre as putas de verdade que, depois do amor feito, esperavam ele pegar no sono e aí sim fodiam para valer, levavam a carteira com tudo dentro, e as belas senhoritas de Turim, ou de Florença, ou de Impéria, todos os lugares alcançados durante o serviço militar e o curso de policial militar.

Porra, como ele adoraria ter sido romancista! Até jornalista, correspondente de guerra! Por que, se todos aqueles senhorzinhos eram, ele não podia ser? Todos aqueles palhaços que publicavam seus livros e artigos e não sabiam bosta nenhuma sobre o que era a vida, a vida verdadeira, que faz você se cagar de medo, a vida quando te mostra o amigo de doze anos Fernando Autieri explodir pelos ares por causa de uma granada alemã, mas explodir mesmo, pois um minuto antes estava vivo e vocês corriam juntos para tentar pegar um soldado americano e levá-lo pela região para trepar, e um segundo depois não estava mais ali, sumiu, desintegrado em mil pedaços de carne e de sangue, e você sente que ele parece estar ainda correndo do teu lado, que então você corre sozinho para abordar os americanos, os brancos e os negros, e os argelinos e os marroquinos, e leva eles para encontrar as senhoritas, e depois, quando eles, em troca, dão de presente para você e para a família da senhorita farinha e azeite, chocolate e cigarro e até rosbife, caso você tenha um cu abençoado, te parece ainda que basta se virar para ver o Fernando ali, rindo-se todo e dizendo que agora vocês precisam dividir a porra do butim, mas depois você percebe que na verdade ele não está ali, que era só a sua imaginação, que ele não está mais ali, mesmo que ainda ontem vocês fugissem pelos becos, com as calças curtas, as pernas finas e rápidas, a cara suja e os cabelos no vento, e fumassem os cigarros e descolassem até mesmo umas bebidas, mesmo que ainda fossem crianças aos dez, onze anos, Ah, ma vá tomá no cu!, diziam, Criança o caralho, nós já somos homens, porque nós já sabemos tudo o que há para saber da vida!

16.

Enquanto entramos em um belo restaurante à beira-
-mar, eu digo para ela: É legal mesmo, mami! É domingo
e ela me disse que fomos convidadas por um amigo, e eu
fiquei toda eufórica porque mudamos um pouco de ares
e demos um tempo de casa. Nesse período, Renato não
está, foi para o hospital porque não se sentia bem. Tinha
acabado de passar um daqueles períodos de bebedeira
atrás de bebedeira e noites acordado falando sozinho e
cigarros estoura-peito e escrevendo no caderno, quando
de repente desabou. Quando ele desaba, Concetta diz que
finalmente estamos em paz, diz isso mas eu vejo que ela
fica toda ansiosa e melancólica, vejo que ela não ri mais e
se irrita por qualquer coisinha. Eu acho que é verdade que
ficamos mais tranquilas, mas, sim, Renato me faz falta,
sinto muita falta, por exemplo, de ouvir quando ele entra
em casa, abre a porta e dá uma assobiada comprida, como
um canto de passarinho. Outras vezes, porém, parece que

está chamando um cachorro. Chega em casa, abre a garrafa, pega o maço de Amadis sem filtro, acende um cigarro atrás do outro, mete no seu toca-discos Fred Buscaglione, Renato Carosone, Glenn Miller e por aí vai. Começa a temporada doméstica de Renato. Eu acho que é um bom jeito de estar no mundo, acho que tem *swing* e acho também que quando eu for grande eu vou levar minha vida assim.

Hoje com mamãe, por causa desse convite para o restaurante, saímos bem-arrumadas, usamos calças coloridas boca de sino, blusinhas bem decotadas em V e botas de salto. Eu uso uma jaqueta azul com pele de carneiro e pelos falsos no pulso, e ainda uma faixa hippie na testa e anéis em todos os dedos. Vi esse traje numa revista de música e me inspirei na Janis Joplin. Porém, mal entramos e eu vejo quem está esperando a gente, sentado numa mesa, sinto um choque. O sujeito que convidou a mami se chama Michele, e eu e minhas amigas chamamos ele de Michele, o porco, é um que trabalha de mecânico na oficina atrás da nossa casa e toda vez que Renato some de vista ele surge e convida mamãe para dançar ou comer nos restaurantes. Ela sempre recusa, mas hoje, sei lá por quê, aceitou. Esse porco tem os olhos azuis iguais aos de um ator de cinema e quando ele chega perto sinto um cheiro de cigarro e cerveja e óleo de motor e graxa. O mesmo cheiro que tem quando passo na frente da oficina dele. Ele cumprimenta a gente com um sorriso sacana e gruda

ONDE VOCÊ VAI ENCONTRAR UM OUTRO PAI COMO O MEU 113

os olhos no decote da mamãe. Não fala, só olha o decote, lambe com os olhos, e eu não gosto nada disso. Toda a minha alegria por estar naquele restaurante foi por água abaixo. Na primavera aconteceu um negócio bem terrível com esse nojento, minha amiga Nunzia me disse que uma vez ele deu uma carona para ela e daí estacionou na oficina e tentou fazer umas imundícies. Só que ela deu um chutão nas bolas dele e escapou. Era assim que a Nunzi sempre contava, mas quando contava fazia uma cara que me deixava triste, porque não era a Nunzi de sempre, valentona, que ameaça todo mundo a torto e a direito e enfrenta a vida assim com a cabeça erguida e sem medo, ali tinha alguma coisa que apertava a voz dela e, mesmo que quisesse fazer a pose de durona, dava para ver que algo não funcionava, dava para ver que, por dentro, alguma coisa tinha se quebrado e machucava ela. Tinha até decidido não ir mais para a escola.

Um dia em que estávamos dando uma volta na praia, ela me contou tudo. Me disse que esse Michele porco tinha tocado em todas as partes dela e que ela não queria e gritava e tentava dar uns socos nele, mas não tinha mais nada que pudesse fazer, ele era bem mais forte do que ela, primeiro porque era homem e depois porque tinha músculos que apareciam de longe. A Nunzi me fez jurar e rejurar que eu não diria nada para ninguém, que ela me mataria, me disse bem isso: Se você pensar em dizer alguma coisa para alguém, eu te mato com as minhas mãos.

O.k., disse eu, e agora cabia a mim ficar ali com o segredo e com aquele suíno que tinha convidado a gente para o restaurante. Comemos espaguete com mariscos e uma hora eu disse que estava com dor de barriga, fiz toda uma cena, que me sentia mal e queria voltar para casa, e assim eu estraguei tudo mais uma vez, como Concetta sempre me diz, que ela não podia relaxar um instantinho que eu ou meu pai sempre chegava para estragar tudo. Mas estou pouco me fodendo para isso que ela me diz, só acho muito chato não poder contar para ela as coisas que eu sei do porco, porque jurei para a Nunzi, e juramento é juramento.

Tem ainda uma outra vez que esse Michele porco apareceu, dessa vez no bar Stella, o bar de Salvatore, o amigo de Renato que de vez em quando pega a mamãe para ajudar no balcão quando estamos precisando de dinheiro. Quando vou lá, eu já noto os vários machos que rondam a minha mãe, eu digo para ela não faça muitas caras e bocas e ela se irrita e me manda ficar quieta e cuidar da minha vida, que num bar é preciso ser gentil e sorridente. Eu não concordo, digo que acho que ela deve servir a bebida e basta.

ONDE VOCÊ VAI ENCONTRAR UM OUTRO PAI COMO O MEU

Uma vez, quando eu estava saindo do banheiro desse bar e lavando as mãos na pia, eis que ele entra, esse Michele porco, se coloca atrás de mim e me olha no espelho. Eu me levanto e digo: Tá olhando o quê?

Ah, tá se fazendo de gente grande, você, tá se fazendo de mulherzinha, ele diz, e me olha na direção dos peitos, que não chegam nem perto dos da Concetta, mas já são alguma coisa, pelo menos uma possibilidade de algo começar a despontar. Mas então, ali naquele banheiro, sinto uma bomba que remexe na minha barriga, sinto que isso que está acontecendo pode ser perigoso, mas ao mesmo tempo estou curiosa. Olho aquele porco e digo: Mas que porra você quer agora? Que porra você tá olhando?

Ele continua as olhadelas e até passa a língua nos lábios como o lobo mau das fábulas, e diz: O que que tem, você não gosta que eu te olhe? E enquanto isso passa uma das mãos na braguilha da calça jeans. Agora eu acerto um chute no saco dele, penso, mas naquele momento alguém abriu a porta do banheiro masculino, é o Tore, dono do bar, o amigo de Renato, que percebeu tudo, observa nós dois e lança um olhar de ameaça para o nojento, que na hora para de tocar a braguilha e finge ajeitar o cabelo com as mãos, se olhando no espelho.

Nunca falei para ninguém o que tinha acontecido com a Nunzi, ela tinha feito lá suas ameaças e eu não gostava da ideia de ficarem sabendo dos problemas dela por aí. Porém, guardando esse segredo comigo, toda vez que eu pensava nele eu me sentia como que presa em um lugar escuro, que me dava medo, não me sentia mais tão segura para dar minhas voltas de bicicleta sozinha pelas colinas da Costa ou pelas estradas do campo. De repente, o mundo tinha se tornado um lugar hostil, o mesmo mundo que me acolhia quando as coisas em casa ficavam pesadas agora parecia mudar. Decidi esperar que passasse, comecei a sair pouco de casa, à noite eu só conseguia dormir quando já era tarde e acho que meus pais perceberam alguma coisa.

Certa noite, quando eu esperava mamãe voltar do trabalho e estava vendo um filme na TV, Renato voltou mais cedo que o normal e ficou em pé perto do sofá, fumando um cigarro. Ficou ali, e depois foi baixar o volume da TV e falou aquele nome. Na hora eu não entendi muito bem, era como se o sangue me fervesse ao ouvir o nome, eu fiquei agitada e meu ouvidos apitavam. Mas ele tinha mesmo dito o nome daquele um, Michele da oficina, e estava dizendo de novo, dizia que tinha acontecido um acidente, tinha caído de algum lugar. Disse que tinha se dado mal, era grave. Enquanto falava, não olhava para mim, continuava mirando a tela da televisão com o volume baixo. Disse: Alguém decidiu dar um corretivo naquele lá. Vai nascer outro, novinho em folha. Agora não vai encher o saco de ninguém.

ONDE VOCÊ VAI ENCONTRAR UM OUTRO PAI COMO O MEU 117

Tento falar com a voz normal, eu também não olho para ele, eu também olho para a tela. E digo: Mas que diabo aconteceu, papi? O quê, teve um acidente?

E ele: Que nada, Rossà, não, me disseram que cobriram ele de porrada.

Ah, eu digo e passo a olhar o cigarro entre os dedos dele. Não tiro os olhos daquela pequena brasa redonda e da cinza que ficou comprida, comprida e não entendo como consegue ficar ali equilibrada, sem cair. Como faz para não se espatifar, como faz para continuar unida em cima do nada.

Papai ainda está parado com o cigarro na mão e eu então vi algo que a luz da TV iluminava mal, eu vi alguma coisa parecida com hematomas e uma pele machucada nas juntas dos dedos.

Ficou ali ainda alguns segundos, depois bateu a cinza no cinzeiro sobre a mesinha e disparou: Bem, vou dormir, e você ainda vai ficar acordada?

Eu disse sim e ele acrescentou, Ah, eu vi o Pasqualino, pai de Nunzia, a tua amiga, me disse que a filha está bem, agora. E que vai até voltar para a escola. Talvez você quisesse saber.

Sinto uma espécie de alívio no coração. O nome da Nunzi pronunciado pelo meu pai ecoa pela casa. Olho para ele, não há medo, nenhum medo e nenhum constrangimento no seu rosto. E eu tenho a voz rouca quando digo: Ah, obrigada, papi.

É uma das poucas vezes que eu agradeço a ele, não saem de mim muitos agradecimentos, geralmente não me sinto bem. Mas naquela noite, sentada no nosso sofá gasto, senti claramente esse obrigada subir da barriga e ir até ele, senti que ele tinha feito alguma coisa por mim. Por alguns segundos ele me olhou e eu senti que tinha um pai e que não era nada ruim essa sensação de poder contar com alguém que existe e que pode inclusive te proteger. Para muitos isso deve ser normal, deve estar incluído no pacote, para mim não estava, mas essa noite as coisas foram diferentes. Então eu pensei, não me importava se eu tinha um pai que não dava uma dentro, eu senti essa onda de gratidão e alívio que saía de dentro de mim e caminhava na direção dele. Fiquei mais um pouco ali ainda, esticada no sofá, com o olhar na tela, sem ver nada. Depois desliguei a TV e fui para a cama.

17.

Durante o feriado de Natal, quatro anos atrás, aconteceu uma coisa. No início de dezembro papai foi operado em Milão, uma cirurgia complicada nas pernas em um centro especializado para diabéticos, colocaram um bypass e amputaram alguns dedos dos pés, as consequências dos anos de alcoolismo.

Fui encontrá-lo e um monte de coisa já lutava dentro de mim. O desejo de revê-lo, mostrar a ele que eu estava perto, que não o deixava sozinho, junto com uma sensação de desgosto, como uma injustiça profunda. Talvez eu não tivesse vontade de pegar um outro avião, não me parecia justo colocar entre parênteses outra vez a minha vida, as minhas necessidades, as minhas relações, e correr para o hospital onde tratavam de recuperar Renato. Cheguei a Milão tarde da noite, dormi em uma amiga para poder estar com ele na manhã seguinte, quando seria operado. No dia anterior perguntei a ele por telefone se queria alguma coisa e ele expressou o desejo de ter um bom parmesão ralado para colocar em cima da comida do hospital, que era boa, não podia reclamar, mas o parmesão era de segunda, dizia. De manhã fui dar uma volta pelas redondezas buscando uma mercearia, peguei o melhor parmesão e, enquanto me dirigia para o hospital, era como se eu não sentisse mais nada. Registrava tudo, a cor do céu, as árvores nuas do parque que eu atravessava, as vitrines das lojas decoradas para o Natal, mas não sentia nada, escapava-me o sentido das coisas. Esperei no corredor perto do quarto dele, depois da sala de cirurgia e da recuperação mandaram-no outra vez para a sua cama, envolto em uma coberta isotérmica dourada que brilhava sob a luz e me fazia lembrar um maratonista depois da corrida, alguém que fez um esforço enorme, estava muito pálido, o rosto ossudo, encovado, mas já se recuperando. Eu o vi chegando de maca e logo reconheci sua voz, estava fazendo piadas com a enfermeira que o transportava, a recuperação estava mesmo em curso. À tarde ele já começou a olhar para a bunda das enfermeiras e a disparar bobagens a torto e a direito. Eu estava contente de vê-lo como sempre, pronto para se reerguer. Pronto para viver de novo. No dia seguinte chegaram também meu irmão e minha mãe, eu fiquei ainda mais algumas horas em Milão e, quando voltei a Paris, um abatimento difuso caiu como chumbo sobre mim, amplificado por uma tosse fortíssima e repentina, além de uma enorme dor de garganta e de ouvido.

Decido me cuidar, tomo remédios homeopáticos, como sempre, mas entendo também que estou me sabotando, saio de casa pouco aquecida, com uma jaqueta leve, sem cachecol, sem me proteger, faz frio e o ar está muito úmido, continuo de peito aberto, continuo a caminhar pelas ruas e enquanto caminho sou invadida por um medo irracional de que minha casa está pegando fogo, está queimando, eu penso, preciso voltar. Sinto-me fraca, eu tinha de estar em um lugar quente, mas não. Uma noite acordo com febre alta e me vem uma espécie de quietude, eu deveria estar obrigatoriamente em casa, mesmo que ela pudesse pegar fogo, devo me forçar a ficar lá. É de manhã, eu sinto. É tipo uma depressão gigantesca, alguma coisa que está como pano de fundo na minha vida e que é penoso perceber. Não queria sentir isso. Mas sei o que é, de vez em quando isso dá as caras, é alguma coisa que chega, que quebra, queima e machuca, mas aprendi por conta própria que devo encarar isso, e se eu consigo eu renasço no fim. Dessa vez, porém, parece diferente, e a sensação horrível, de ter perdido a cor das coisas, resiste.

Assim que me sinto um pouco melhor, decido sair. Vou visitar uma exposição de Dubuffet no Beaubourg, é uma exposição extraordinária, e ele é um dos meus artistas preferidos. A arte sempre teve um efeito terapêutico sobre mim. A arte, especialmente a dos artistas que trabalharam seu lado infantil, louco, lúdico, sempre me libertou.

Com grande esforço, entro na fila para comprar o ingresso. Diante das telas de cores fortes, luminosas, diante dos traços e das linhas simples, caóticas e cheias de vida de Dubuffet, sinto uma espécie de nostalgia comovida, alguma coisa ali que era minha, que me pertencia, como a lembrança de uma união direta com a vida, de um mundo alegre que me foi arrancado.

De noite volto para casa, faço algo para comer, mas não tenho fome. Deito-me encolhida no sofá, enrolada numa coberta, com um gorro de lã na cabeça, começo a tremer, o corpo é acossado por arrepios e ondas de frio e calor, sinto que algo começa a derreter. Faço um chá bem quente, permaneço enrolada na coberta com o gorro na cabeça e ligo a televisão. Preciso ver imagens, qualquer coisa que me faça companhia, zapeio com o controle remoto, mas os programas me parecem mais falsos e idiotas do que nunca. Encontro um episódio da série americana *Cold Case*, uma história de violência ambientada nos anos 1950, que se baseia em policiais que tentam resolver casos antigos, já esquecidos, que jamais foram solucionados. Trata-se de uma mulher com as filhas pequenas, que apanha do marido alcoólatra e busca refúgio em um centro de acolhimento

ONDE VOCÊ VAI ENCONTRAR UM OUTRO PAI COMO O MEU

para mulheres vítimas de abuso. O marido, porém, não dá sossego, volta a procurá-la. Continuo assistindo e fico hipnotizada. É a minha vida que está passando na tela. É a minha história que estão contando. Estão ali os anos de penumbra que eu atravessei. Que atravessamos juntas, eu e minha mãe. Os anos das bebedeiras brabas do meu pai, os anos de confusão. Quando precisávamos voltar para casa em silêncio, quase escondidas, a casa, devastada pelas crises dele, pela dor dele, pelas hemorragias, quando os vizinhos nos pediam para voltar, pois o ouviam urrando a noite inteira, ou não o ouviam mais, ou sentiam cheiro de queimado, ou de gás, e ele não abria a porta, não atendia o telefone. Chegam as lágrimas, eis aqui a dor que estava enrodilhada dentro de mim, o medo, o terror. Eram episódios que eu havia trancado a sete chaves em alguma parte do meu coração, dos ossos, do sangue, eram momentos que eu revia de tempos em tempos na minha cabeça, mas descolados do horror, do medo que me suscitavam. Agora eu podia reviver tudo e estava espantada com os saltos no tempo que a vida às vezes consegue dar. Revivia também toda a confusão devido ao fato de que a pessoa que havia passado a nos perseguir era a mesma que me havia feito rir, que dizia para eu não me preocupar, para mandar à merda os idiotas. Era o meu pai amadíssimo, cheio de ternura. O inimigo e o ser que eu sentia ser meu cúmplice e o único extraterrestre com pensamentos parecidos com os meus eram a mesma pessoa. Que confusão desgraçada, sentir-se parecida e amar alguém que foi também o seu torturador. Que desconcertante reconhecer traços do meu pai no meu rosto, a forma do nariz, dos olhos, os braços, as mãos, o jeito de andar. Que merda de esforço, que dor saber que você herdou parte dele nos seus genes, parte do seu caráter difícil, das suas fraquezas e fragilidades.

Depois caí num sono que durou dez, talvez doze horas, me sentia fraca na manhã seguinte, mas com uma espécie de energia nova, como se eu tivesse me limpado e estivesse profundamente regenerada. Tomei banho, passei um creme hidratante em todo o corpo, pus roupas limpas e saí para caminhar. O ar estava frio, mas o céu, azul, lindíssimo, peguei a direção do parque Montsouris e disse a mim mesma: Você não deve mais pensar que não merece nada, que não merece viver e estar bem, estar no mundo como você de fato é, com as coisas que você tem, não deve mais pensar que não há lugar no mundo para você, por causa do seu jeito, porque você é a filha de Renato.

18.

Papai?

Hm?

Papai?

Hmmm!?

Papaaaai!

Mas que porra é essa?! Que foi? Deu para gritar agora?

Papai, você precisa me ouvir.

Ah, tá bom, eu tô escutando, por acaso sou surdo?

Papai, você prometeu.

O quê?

Você prometeu que não ia mais beber, você me jurou, quando passou mal!

Aaaaah!

Como aaaaah?

É que, ah, mas não me encha o saco você também, Rossani! Já basta tua mãe me torrando a paciência!

Você prometeu!

Sim, mas, vai, agora vou levar você no carrossel!

Papaaaai!

O que você tem?

São onze horas e você está bebendo!

E aí, o que você vai fazer comigo? Me processar? Me mandar para um pelotão de fuzilamento?

Mamãe disse que se você me levasse para passear a gente não deveria ir em boteco, disse que a gente devia ir nos jardins do Prolungamento ou no carrossel ou no porto ver os navios partindo.

Ah, os navios partindo, já vimos tantos deles, Rossanì, desses navios que partem.

Eu quero vê-los de novo! E depois não quero ficar aqui no bar com esse fedor de banheiro e de todos esses aí que se embebedam e fumam! Eu quero sair.

Mas de novo!

Quero ir embora!

Mas você não sabe que é um pé no saco ficar lá no porto olhando os navios junto com aquele monte de zé ruela com as famílias?

Eu gosto dos navios.

Ah, que seja, vamos lá, só tomo mais um pouco de *swing* e vamos nessa. Ô, Mario, desce um outro, vai, e não regula, viu, que eu vejo você me servir sempre com um conta-gotas!

Mas, Renato...

Ah, sim, Renato.

Renato, você está com a menina.

E daí? Rossanella, não quer você bebericar um uisquezinho?

Afe!

Você não quer um desse?

Mas, Renato!

Ah, vai, tava brincando, Mario, e não me encha o saco você também!

...

...

E aprendam a aproveitar um pouco essa merda de vida!

Várias vezes me vejo em cenas como essa, várias vezes tentei sentir de novo aquilo que eu sentia quando era menina. Ele promete que vamos fazer alguma coisa juntos, é domingo ou feriado de Páscoa ou Natal, eu estou contente, faço planos, imagino tudo o que gostaria de fazer ou ver com ele. Na maior parte das vezes, porém, vamos parar num bar, dentro de uma espelunca mal-iluminada, um dos tantos lugares que ele conhece, botequins espalhados pelo interior da Ligúria, com velhinhos dos vilarejos jogando baralho ou sinuca, com a bituca do cigarro entre os dentes, e aquele cheiro de boteco decadente, inconfundível, mistura de vinho, cerveja, mijo, suor e cigarro. Quando entramos, entendo na hora, pelos olhares que recebo, o que pensam de nós: chegou o biruta com aquela pobre coitada que, quis o destino, teve um pai assim.

Porém, quando ele me leva para passear pelos seus lugares, eu fico também curiosa, e o fato de estarmos onde não deveríamos estar, de estarmos fazendo algo que todos dizem ser errado, que não se deve fazer, injeta em mim um senso de desafio, de alegria e de rebelião diante do mundo. Mas fico também inquieta quando as coisas começam a demorar muito, quando penso que mamãe está nos esperando em casa ou imagina que estamos em outro lugar, em algum jardinzinho respirando ar puro, brincando com outras crianças. Quando vejo Renato, que começa a atirar longe uma bituca atrás da outra e a esquecer que prometemos estar em casa para o almoço, imagino Concetta ansiosa, a cara vermelha, fumando com raiva, que se voltarmos para casa duas ou três ou quatros horas atrasados, vamos ouvir! Daí a gente encontra ela babando como uma fera, dizendo que da próxima vez ela vai sumir daquela casa, porque ela está de saco cheio de nós, de saco cheio de tudo e vai embora com a primeira carona que parar e finalmente terá uma vida boa, livre, sem precisar olhar mais para a nossa cara nem mesmo em fotografia!

Também tem as vezes em que eu defendo Renato com unhas de dentes. Quando vamos para o Sul aproveitar algum feriado, por exemplo, ou para algum casamento,

ONDE VOCÊ VAI ENCONTRAR UM OUTRO PAI COMO O MEU

há os tios que sempre pegam no pé dele. Renato, aquele anormal, Renato, que não sabe assumir responsabilidade. Renato, que não é bom nem como homem, nem como marido, nem como pai! Renato, aquele verdadeiro cuzão, uma desonra para a família, que conseguiu ser expulso da polícia militar!

Daí, por causa disso, eu falei uma vez: Vocês não entendem nada, papai é forte, me leva sempre de carro para passeios incríveis, uma vez me levou até lá no alto do monte Beigua!

Eles me olham torto, como a uma extraterrestre bizarra que pousou na cozinha, e depois me dizem: Mas que porra é essa de montebega? Nunca ouvi falar dessa merda!

E daí ficam rindo de provocação, fazendo umas caras que me lembram as que vemos nos bares, as caras de quem pensa: mas olha só essa pobre coitada que teve o azar de ter um pai como esse!

Só que dentro de mim eu penso que nem mesmo esses aí, nem essa tribo de beduínos da família de Renato entende coisa alguma, e então sou eu que entendo aquilo que papai me explica de vez em quando, que nós dois somos diferentes de todos, porque temos dentro do coração o *swing* e gostamos de viver assim, livres de todas as correntes, livres da hipocrisia, gostamos de pegar e entrar no carro com as janelas abertas mesmo no inverno e disparar estrada afora por quilômetros e quilômetros comendo asfalto enquanto do toca-discos saem as notas da sua canção preferida, aquela que traduz exatamente o que ele carrega no coração. Estamos falando do famoso Mimmo Modugno, que chega com tudo cantando «La lontananza sai è come il ventooooo... che fa dimenticare chi no s'amaaaa...».[3]

3   Em tradução literal, «A distância, sabe, é como o vento/ que faz esquecer quem não se ama». Canção de Domenico Modugno, *La lontananza*. [N. T.]

19.

Eu me lembro de quando fui visitá-los, cheia de vontade de ouvir novamente a epopeia que foi a vida deles, a narrativa dos feitos lendários de Renato. Perguntei: Daí, o que aconteceu depois, como você ficou depois das patacoadas do Renato no primeiro jantar como namorados? O que deu na cabeça de vocês para chegarem a se casar?

Eles ficaram empolgados, como sempre ficavam quando eu pedia para me contarem qualquer coisa do passado, de quando eram jovens, e aí começavam a se atropelar, falando um em cima do outro. A história que contavam era sempre a mesma, mas os tons podiam mudar conforme fossem surgindo acusações, culpas, censuras que pululavam de um e de outro, à medida que ele tentava reescrever o passado, redimensionar o alcance de uma bobagem, renegar um gesto malogrado, reconsiderar algo que tivesse dito e como tinha de fato acontecido.

Dizia: Ela não queria admitir nem mesmo para ela mesma, mas a verdade é que Concettì estava apaixonada! Essa daí estava se desmanchando por mim!

Mas só porque você quer!, ela dizia, eu não queria esse aí de jeito nenhum, ele era estranho demais, só fazia cagada, eu, o meu sonho sempre foi um homem correto, sereno, sabe aqueles homens com quem se pode conversar numa boa, em quem se pode confiar, um que te apoia e te dá a mão, também moralmente, em todas as circunstâncias?

E você foi se casar com papai?

É!

Tá, ele te queria, você não queria ele, e aí?

E aí que esse daí estava ficando louco, mandava em procissão as irmãs, a mãe, as tias, me traziam queijo scamorza e começavam a chorar, você sabe como fazem os ciganos! Concettina, se você não o quiser, ele fica doente, por Deus... Concettina! Aquele lá não pensa direito, que ele se mata, pega uma arma e ainda atira antes na gente, depois em você e depois nele, é o que ele diz sempre!

Sério que você dizia isso, papi?

Mas nunca... aquelas, as mulheres, sempre exagerando...

Ah, não!, berrava Concetta.

Não, eu dizia só: Concettina, se você não for minha, você não vai ser de mais ninguém.

ONDE VOCÊ VAI ENCONTRAR UM OUTRO PAI COMO O MEU   133

E isso não é uma ameaça?

Um dia ele me seguiu com a moto, veio atrás de mim e quando viu que eu tinha marcado encontro com o jogador de futebol, sabe aquele bonitão que eu te falei?, jogou a moto no chão, chegou perto de mim e disse: Lembre que, se você não for minha, você não vai ser de nenhum outro.

O quê?!

Foi assim, juro!

Tá bem, e no fim se casaram.

Casamos, ele já estava na Ligúria, era policial perto de Gênova, em Torriglia, fomos para lá, uma casa velha, úmida, que a PM tinha arranjado para nós, mas não tinha nem um móvel, nada, tinha só uma cama e uma mesa, que tristeza!

E como vocês fizeram?

Fizemos assim, eu tinha chegado no Norte com um pezinho de meia, dissemos aos parentes que, como a gente não tinha onde cair morto, em vez de fazerem festas e darem presentes de casamento, que dessem um pouco de dinheiro, que a gente estava começando do zero, que viver no Norte não era simples, e então os parentes, especialmente os meus, conseguiram juntar uns troquinhos, daí pensei que com aquilo a gente ia poder comprar os móveis, a cozinha, algum enfeite, e depois quem sabe a gente ainda conseguia fazer uma viagenzinha de lua de mel, eu queria por exemplo ir para Veneza, no tio Lucio, ou para Pisa, na tia Giovannina, mas claro que a gente nem podia pensar em viagem de lua de mel. Ainda tinha o enxoval que eu mesma havia feito, peça por peça, com as próprias mãos, lençóis, camisolas lindas, toalhinhas com as iniciais bordadas...

Mas conta logo, vai direto ao ponto, Concetta, não fica aí falando de toalhinha!

Ah, não, peraí, antes eu quero esclarecer uma coisa, que quando a gente noivou e ele teve de comunicar aos superiores que ia se casar, sabe o que eu precisei fazer?

Não.

Precisei ir até o quartel, em Campobasso, falar com um sargento e declarar que eu era uma mulher de comprovada reputação, que eu e minha família éramos pessoas honestas!

Como assim?

Na prática eu precisava garantir que não era uma biscate e que não tinha nenhum delinquente na família, pode acreditar numa coisa dessas?

Não acredito!

Pois é, eu precisava provar que tinha todos os pré-requisitos, e o cara me fez até perguntas para saber se eu era uma virgem imaculada.

Inacreditável!

Que nada, pare!

ONDE VOCÊ VAI ENCONTRAR UM OUTRO PAI COMO O MEU 135

Tá, vou continuar, então eu tive de aguentar uma investigação completa para me casar com ele, daí viemos aqui para cima, e como disse eu tinha esse pezinho de meia que eu guardei bem, eu achava que com aquilo eu podia começar a minha vida nova, sabe, a vida de mulher, longe de casa, longe de todos, casada com um cabo da PM.

E em vez disso...?

Em vez disso, no dia seguinte Renato me mostra onde ficam as lojas, que era para eu começar a comprar umas coisas para a casa, e eu toda contente me visto bonita, faço um penteado, me arrumo direitinho e vou e me apresento, digo que sou a mulher do cabo, que a gente se casou e que agora moro ali, enfim, quero conhecer algumas pessoas, né, mas não, eu percebo que para eles eu ou um pedaço de merda é a mesma coisa, viram a cara, me dão bom-dia e boa-noite sem vontade. Eu vou para casa e choro, me sinto sozinha, me sinto rejeitada, e parece até que me olham torto na rua. Até que um dia a moça da padaria, que era simpática e toda pimentinha, a Gina, me puxa para um canto e me diz: Senhora, posso te dizer uma coisa só aqui entre nós? Claro, digo eu. Então, veja, seu marido se endividou com todos aqui, tem um montão de dívidas com todos os comerciantes, no bar, no açougue, já faz um tempão que estamos esperando o pagamento, ele usa farda e nós não temos coragem de insistir muito com ele, sabe, nunca se sabe, mas aqui é tudo trabalhador que levanta cedo, e não é bonito ser folgado, não funciona com a gente, todos os laços se estragam depois.

Cacete, e você?

Eu queria morrer de vergonha! Queria enfiar a cabeça embaixo da terra! Minha nossa, que vergonha! Daí sabe o que eu fiz?, peguei e fui de loja em loja, de cigarro, de bebida, uma por uma, perguntei quanto o meu marido estava devendo. E paguei tudo, até o último centavo!

...

A essa altura você já pode imaginar que tinha acabado todo o dinheiro do casamento, a gente não tinha mais nada, adeus, lua de mel, pelo menos em casa já havia uma cama para dormir e uma mesa para comer, não fosse isso a gente ia dormir em pé que nem os cavalos.

Minha nossa senhora...

Não tinha mais o dinheiro para as panelas!

Um início e tanto, eu disse.

É, mas havendo amor, que importância tem isso, né, Titina?, disse Renato.

20.

Nas histórias que ele me contava sobre sua infância, nunca soube quanto havia de verdade e quanto de invenção. É claro que eram ótimas histórias, que acendiam a minha imaginação e cercavam tanto ele quanto seus amigos e companheiros de aventura de uma aura lendária. Por muito tempo, se eu assistisse a um filme ou lesse um livro sobre a Segunda Guerra Mundial ou sobre a Resistência, ficava imaginando que mais cedo ou mais tarde, junto com os revolucionários, os fascistas e os alemães, ele ia aparecer ali de repente.

Ele dizia: Rossanì, escute, quando em outubro de 1943 os soldados americanos chegaram a Torre del Greco, a gente já tinha escorraçado os alemães, aqueles merdas! No fim de setembro os alemães estavam ainda mais putos do que antes porque todo o povo tinha se rebelado e eles fizeram uma verdadeira carnificina, minha nossa, que porra que foi aquela! Porém, quando os alemães, em represália, começaram a caçar os homens nas ruas, atiravam neles ali mesmo. Ou os enfiavam em caminhões rumo à Alemanha, *raus, italiani kaputt*! Desgraçados! Então o que fizemos todos, mulher, homem, velho, criancinha, todos? Tiramos o pau para fora, mostramos para eles de que pasta a gente era feito e partimos que nem cachorro brabo para cima daquela alemãozada repolhuda. Eles tinham metralhadoras, pistolas, granadas de mão, capacetes, e nós, tudo estropiado, com as calças caindo, mais nada, só as nossas mãos, e a gente se lançou contra eles, das janelas e dos telhados, nós uns rapazinhos ligeiros e ainda com raiva, a gente trepava nas coisas e jogava de tudo neles, pedra, tijolo, prego, martelo, pedaço de sofá, água fervente, dava para ver os alemães com a cabeça rachada, uns inclusive pegavam os que morriam, talhavam a cabeça e ainda mordiam, só de raiva, que nem cachorro. A gente tacava pedra até nos tanques, nós, os pequenininhos, a gente que era mais filho da puta, a gente ia para cima daqueles covardes, mas muitos de nós morreram, se eu me lembro bem! Peppiniello, Fortunato, Lucio Russo, Mimì, Luisella... até as mocinhas, sabe o que faziam? Iam na frente dos alemães trancados nos tanques e mostravam para eles garrafas de água, porque eles estavam com muita sede, fechados lá dentro, e elas davam vontade neles de abrir os tanques, entende, e a alemãozada caía nessa, abriam

ONDE VOCÊ VAI ENCONTRAR UM OUTRO PAI COMO O MEU   139

aqueles tanques de merda deles e em vez de uma garrafa de água a gente chegava com pedra, tijolo, martelo, tudo que a gente encontrava, mas nossa, quantos foram mortos! Você não pode imaginar, Rossanì. Mas não se esqueça de que nada jamais vai conseguir apagar a sede de liberdade de um povo, porque de um ser humano se pode levar tudo, o pão da boca, a roupa para cobrir a bunda, a água para se lavar, você pode deixar ele fedendo que nem um animal, mas a centelha de dignidade com que no final ele vai defender a si mesmo e a sua gente você não consegue arrancar nunca, mais cedo ou mais tarde aquela faísca se espalha e contagia todo mundo, se lembre disso que o papai diz!

Eu ouvia encantada aquelas histórias. Elas me davam até medo, e se fossem contadas à noite, antes de dormir, os meus sonhos se enchiam de pesadelos. Eu tinha um pesadelo de que ainda me lembro, eu tentava subir uma escadaria muito comprida, mas quando chegava a um ponto eu caía em um lugar cheio de alemães, soldados americanos, os corpos mutilados dos mortos espalhados pela estrada, as bombas que haviam detonado casas, quarteirões inteiros.

Enquanto anoto tudo para não perder essas lembranças do meu pai menino, parece que sinto na carne o que são as guerras e o quanto a miséria, as bombas, a brutalidade entram tão profundamente na vida dos seres humanos e continuam a causar danos até nas gerações seguintes. Parece que senti reverberar dentro de mim o medo e o horror da Segunda Guerra Mundial, o fascismo, os nazistas. Já ouvi essa história de que as torturas, a violência súbita, tudo é transmitido aos filhos no corpo, nos corações, nos pesadelos, recebemos tudo como herança, assim como a cor dos olhos, dos cabelos, a forma do nariz e das mãos.

Uns dez dias depois do funeral, sonhei com Renato. Era um sonho muito realista, ele tinha aquele ar que eu já tinha visto milhões de vezes e que era bem dele, uma mistura de raiva, alegria, desespero unidos à tentativa constante de se livrar de tudo aquilo que sentia, e de se esforçar, criar coragem para mostrar ao mundo inteiro quem era Renato. No sonho, ele me dizia: Sabe, Rossanì, foi assim, fiquei doente, fiquei doente de repente, estava quase batendo as botas, mas no fim me recuperei! Consegui, Rossanì, sabe que agora já começo a me sentir melhor? Acho que aos poucos me levanto, acho que me recupero de novo essa vez! Eu vou dar tudo de mim, acho que não vou morrer!

E, no sonho, eu respondia com um ar de proteção, meio maternal, que às vezes eu usava com ele quando tentava fazê-lo encarar alguma situação, acordar para a realidade.

Eu disse para ele: Não, papai, não é assim, agora você está morto, dessa vez não melhora mais, você precisa entender isso (e talvez eu dissesse isso a mim mesma).

E ele me respondeu: Mas quê! Tá todo mundo louco?, e começou a rir. Eu também fui contagiada pela risada sacana dele, e dentro de mim eu pensava, mas olha só isso, esse cara não se rende nem à morte!

Desde pequena eu percebia esses diversos aspectos de meu pai, a sua extrema fragilidade, as feridas que trazia consigo e ao mesmo tempo a sua força vital, que o fazia ressurgir sempre, a despeito de tudo e de todos. Renato conseguia se recuperar de acidentes em que o carro se acabava inteiro, de cirurgias no estômago inéditas, das quais diziam que as chances de sair vivo eram as mesmas de ganhar na loteria, de noites de bebedeira em que ele dirigia pelas estradas cheias de gelo, cortando vales e curvas perigosíssimas, de paradas à noite no gelo quando ficava sem gasolina. Quando tinha trinta e seis anos, um médico, chefe de um hospital em Gênova, disse a ele que se tocasse em mais um copo de vinho cairia morto em poucos meses. Mas talvez quando um rapazote sobrevive à guerra, à fome, às bombas e à indiferença, acaba sobrevivendo depois a todo o resto. Talvez tudo aquilo que ele viveu depois, as cirurgias, as brigas de bar, as punições da PM lhe parecessem coisa pequena. Uma vez eu perguntei,

Papi, mas quem te criou quando você era pequeno? Eram dez irmãos, tua mãe não podia cuidar de cada um de vocês, quem se ocupava de você?

Eu? Eu me criei sozinho, Rossanì!

Como, sozinho?

É, sozinho, e depois tinha a tia Checchina, ela era a irmã mais velha e olhava os menores.

Tia Checchina? Outra despirocada, eu disse.

Ele começou a rir, uma risada que deixava transparecer um afeto um pouco raivoso, meio rancoroso e meio nostálgico em relação à sua irmã mais velha. Tia Checchina me lembrava uma menina de sessenta, setenta anos. Sorridente, alegre, cantarolante, me lembro dela voando com o seu Cinquecento, metendo a mão na buzina toda hora. Tinha conseguido uma aposentadoria por invalidez por causa de alguma doença mental e assim conseguiu sustentar a si mesma, a irmã, o marido desocupado e diabético da irmã e os dois filhos deles, com quem viveu a vida toda. Tia Checchina parecia um grande chefe Apache, magérrima como Renato, sempre agitada, a pele queimada pelo sol do Sul e completamente coberta de rugas pelos milhares de cigarros fumados sem parar. Dos dez irmãos de Renato, conheci só cinco, e todos eles sempre me fizeram pensar em uma tribo de Apaches que, por algum motivo, migrou das planícies americanas e aterrissou nas terras do Sul da Itália.

ONDE VOCÊ VAI ENCONTRAR UM OUTRO PAI COMO O MEU 143

Certa vez, quando eu era criança, eu e os meus pais fizemos um passeio pelos vilarejos de Molise. Quando chegamos a um lugar cujo nome não lembro, mamãe disse com um ar de desprezo na voz: Veja, Rossà, essa é a terra dos ciganos, daqui vêm os que são da laia do teu pai, né, Renà?

Mas claro, daqui vieram a vó Regina e papaivô!, a linhagem dos zíngaros Di Rocco! Você também tem esse nosso sangue nas veias, Rossanì! Sangue nômade!

Eu tinha registrado essa nova informação fingindo que nem tinha me tocado e continuava olhando com ar distraído aquela nova paisagem feita de casas de pedra baixinhas, trailers e barracas que se mantinham de pé com materiais de toda espécie, laminados, pedaços de compensado, portas de carro e sabe Deus o que mais. Crianças que brincavam na frente daquelas habitações estranhas em companhia de todo tipo de animal, galinhas, galos, cabras, acho que até um pônei. A pouca distância das crianças, mulheres com saiotes longos negros ou coloridos, com uns lenços amarrados na cabeça e homens vestidos de preto, com cabelos escuros, cigarros, bigodes.

Renato buzinava e saudava todo mundo, mas as pessoas ficavam na delas, lançavam umas olhadelas para o carro com placa de fora, uma ou outra mulher acenava com a mão, os homens ficavam parados. Renato disse: Vamos parar, Concettì? Vamos ver se eles oferecem uma dosezinha?

Aaahhh, não comece agora, Renato, não tenho vontade alguma de me meter com esses ciganos, segue reto, não tenho vontade alguma.

Eita, tá bem, ele dizia, com ar de quem sempre precisa fazer as vontades da senhora sua esposa.

Eu tentava guardar bem na cabeça aquela visão, que às vezes parecia apenas ter sido tirada de um sonho. Aqueles homens e aquelas mulheres, aquelas crianças que iam e vinham livres no meio dos animais tinham suscitado em mim uma enorme curiosidade por aquele povo bizarro. Ao mesmo tempo eu tinha registrado o desprezo e a angústia na voz de minha mãe quando Renato propôs parar e beber com eles. E de algum modo eu pensei que, se papai vinha daquela tribo de Apaches perdida em Molise, então eu devia ter alguma coisa a ver com aquele povo que vive a céu aberto, dentro de um trailer e de casebres feitos de porta de carro, com cabras e galinhas. Também entendi pela voz da minha mãe que era melhor não falar nada a ninguém, era melhor não acrescentar mais elementos extravagantes, eu já sabia muito bem quanto nos considerávam diferentes e estranhos no Norte da Itália só porque os dois não tinham nascido lá e falavam com um sotaque completamente diferente. Pensei que, se ainda por cima soubessem que tínhamos relação com o povo das caravanas e das cabras na frente de casa, com os Apaches de Molise, teria sido uma catástrofe!

Os ciganos voltam com frequência aos meus sonhos, lembro que uns dez dias antes da morte de papai eu tinha sonhado com um grupo de mulheres ciganas desesperadas, em lágrimas, uma delas falava comigo e explicava: Estamos chorando porque morreu o bandido Giuliano!

Quando acordei, pensei na hora em Renato, mas depois afastei a ideia, dolorosa demais para ser levada em consideração.

21.

Alguns anos atrás, fui convidada para conversar sobre o meu novo romance com um círculo de leitores no Piemonte. Vou bem descontraída, ainda que as apresentações e encontros não sejam o meu forte, mas vou, mesmo que eu preferisse não ir. Tenho mais ou menos preparado o que dizer sobre cada livro. Por exemplo, se me perguntam: a escrita é mais uma questão de talento ou de trabalho?, digo que o trabalho é importante, mas, se não tem uma real inspiração, você vai ficar sempre de mãos abanando. Pode se esforçar o quanto quiser, mas se a escrita não corre pelas tuas veias, as árvores terão sido derrubadas inutilmente. Se me perguntam como se tornar um escritor, geralmente gesticulo toda com as mãos e digo que escrever é algo de que não se pode fugir, não é você quem decide, é uma espécie de graça ou desgraça que nunca terá fim.

Naquela tarde de junho, vou de coração leve ao encontro com os leitores do círculo, começou o verão, cruzo de trem os campos piemonteses, lembro-me de minha juventude, quando eu ia encontrar meus amigos de Turim durante os anos de universidade, sinto-me cheia de esperança, sem um motivo concreto. Antes do encontro, engato uma conversa com umas moças gentis, são minhas leitoras, são simpáticas, convido-as para irmos ao bar tomar uma cerveja. Pedimos uma rodada para só então começarmos. Uma mulher jovem me apresenta e lança as primeiras perguntas. Percebo que ela leu um par de livros meus, talvez tenha até uns quatro ou cinco. Sinto-me bem à vontade.

Partimos de meus primeiros romances, alguém observa que todos os meus personagens estão sempre à margem. Há um centro, há um lugar em qualquer parte onde estão as pessoas para quem as coisas vão bem, onde estão aquelas que vestem boas roupas, com trabalhos e famílias normais, e daí há os meus personagens, que estão sempre à margem em relação a tudo isso.

Verdade!, eu digo, e em seguida começo a falar de Gênova e de Albisola e da nossa gangue de ninfetas nos anos 1970. Falo e sigo em frente dizendo que essa marginalidade social precisa ser trazida à tona com uma sintaxe e uma gramática chulas, meio contorcidas e descuidadas. Falo das vanguardas, de Sanguineti e de Gertrude Stein.

ONDE VOCÊ VAI ENCONTRAR UM OUTRO PAI COMO O MEU

Tudo flui bem, fico contente quando posso falar de rupturas gramaticais e de subversão sintática, começo e não paro mais.

Um leitor pede a palavra, diz que está lendo um dos meus livros de uns dez anos atrás. É a história do encontro, após muitos anos de ausência, de uma filha com seu pai, que a havia abandonado durante a adolescência. Agora ele aparece em Paris, onde a filha vive. O pai se chama Renato e há muitos trechos inspirados em meu pai. Daí eu começo a falar daqueles dois, da filha, que é uma desajustada, que passou um tempo internada em um centro de saúde mental e vive agora com uma amiga mais louca que ela, que conheceu em uma terapia de grupo. E depois falo do Renato personagem, das coisas divertidas e estimulantes que encontro nele, da anarquia existencial, da sua busca por liberdade. Daquilo de bom que ele transmitiu à filha, talvez para a infelicidade dela, mas também as feridas profundas que ele lhe causou.

O leitor rebate dizendo que aquilo talvez seja um pouco burguês, de caráter não muito artístico, e que acha esse personagem do pai um tipo muito egoísta, um idiota inominável.

O.k., digo eu, e não sei por que digo isso, esse personagem é inspirado em meu pai, e talvez você tenha razão, é assim, é um idiota inominável. O fato é que aconteceu de ele ser meu pai e precisei me virar como pude para salvar o que fosse possível dele e o amor infantil que durante um tempo eu tive por ele. O leitor ficou paralisado.

Quando o encontro terminou e algumas pessoas vieram pedir autógrafos, ele se aproxima, está constrangido e confuso, me diz: Te peço desculpas, não pensei que fosse inspirado no teu pai de verdade... estou arrasado!

Penso num ditado napolitano, de que às vezes o remendo sai pior que o buraco, e digo isso a ele. Aquilo que o rapaz tinha acabado de dizer, as suas palavras de desculpas, me fizeram um mal dos infernos. Eis aí, eis aí a minha história, e tem sempre alguém, um *normal* que vem me dizer que merda que é o meu pai, e que coisa absurda é ter um pai como o meu e que fica depois embasbacado, às vezes estupefato, sabendo que sou filha de Renato. Mais uma vez, mesmo que eu não seja mais uma menina solitária e puta com o mundo, a vida se encarrega de me lembrar quem sou, e de onde venho, e o que trago dentro de mim.

22.

Minha mãe me telefona, diz que Renato deixou para nós uma pequena herança, tinha feito conta numa caderneta de poupança na Coop, onde depositou oito mil e quatrocentos euros, deixou escrito que cinco mil euros eram para mamãe e o resto era para ser dividido entre mim e Nic em partes iguais. Ele tinha especificado que cinco mil simbolizavam os seus cinquenta anos de casamento e para nós deixava mil e setecentos porque o 17 traz sorte (eu nasci em 17 de outubro). Sou invadida por uma ternura doída. Renato, que sempre teve as mãos furadas, que sempre fez virar nada tudo aquilo que ganhava, tinha conseguido economizar uma pequena quantia e colocá-la em separado, como que a salvo de si mesmo. Esses mil e setecentos euros que ele deixou para nós, os filhos, parecem-me um presente grandioso, como se nos tivesse deixado um castelo.

Vêm-me à cabeça os dias de verão, quando eu via que ele começava a acariciar os braços de mamãe e a olhar para ela de um jeito diferente, depois me estendia um dinheirinho dizendo, Rossanì, por que não vai passear? Por que não vai pegar um sorvetinho para que agora papai e mamãe possam dar uma descansadinha?

Minha mãe fingia que ficava braba, mas dava para sacar que ela estava mesmo era feliz e eu me metia pelas escadas, contente com a ideia do sorvete e também porque aqueles momentos entre os dois davam cores alegres para o mundo.

Outra lembrança: do verão em que me fizeram a proposta de acampar com as freiras no Piemonte, em Sampeyre. Muitas colegas da escola iam e minha mãe achou que eu também deveria experimentar. Dessa vez eu tinha entendido que precisava fazer um esforço, superar a angústia que me tomava ao me separar deles, ao me desprender daqueles dois e me enfiar em um ambiente desconhecido, ainda mais com as freiras. Experimentei. Lembro-me de que todas as noites, quando apagavam as luzes do quarto coletivo, aos poucos se ouviam as outras meninas, que começavam a chorar baixinho. Depois, pela manhã, eu perguntava: Por que você chorou esta noite? Eu? Não, que nada, acho que você está enganada.

Eu não chorava, mas não gostava daquele lugar, não me entrava a ideia de ser obrigada a estar sempre junto, a fazer tudo junto, tomar banho, comer, dormir, passear e ainda rezar todo maldito dia! Eu não chorava, mas não simpatizava nem com as freiras nem com as meninas desconhecidas com quem eu era obrigada a fazer amizade.

Uma tarde em que fomos até a cidade, disseram-nos que era permitido comprar cartões-postais para mandar às nossas famílias. Peguei um cartão com um pôr do sol no Mont Blanc e escrevi: Aqui está uma merda! Tudo ruim demais! Venham me buscar o mais rápido possível, eu imploro!

Alguns dias depois, chegava Renato!

Soube que eles tinham brigado, que mamãe sustentava que eu precisava aprender a enfrentar adversidades e a superar aqueles primeiros dias, que era normal que no começo eu ficasse mal, mas que devia me acostumar a fazer as coisas que faziam as outras meninas da minha idade. Renato não aguentou, uma manhã se enfiou dentro do carro, andou umas centenas de quilômetros e às seis da tarde entrou com tudo na sala onde estávamos lanchando e disse: Ô, irmã, paz e bem, vim pegar a Rossana porque a mãe está convalescendo no hospital, nada de grave, mas preferimos ter a nossa filha com a gente.

Eu me lembro bem de Renato irrompendo na sala onde comíamos, ficaram todas de boca aberta, as freiras e as outras meninas, eu fui ligeiro arrumar a minha mochila, dei um tchau rápido com a mão para todo mundo e pulei para dentro do J4 de papai. Durante a viagem ele me disse: Mas por que que não ficou bem lá com as freirinhas?

Nem a pau!, disse eu.

É, como aquela vez na escolinha lá delas, erraram quando disseram que a gente errou. Você não se dá bem com as freirinhas.

Isso mesmo!

Você é como o papai, nós temos uma espécie de alergia de reza, de igreja e de quem quer mandar, é ou não é verdade, minha estrelinha?

23.

Dois anos atrás, outubro. Meu irmão me telefona, geralmente é ele quem liga para contar as confusões dos nossos velhos, e me diz, Olha, mamãe não queria te contar para não te preocupar, porque você está longe e tal, mas eu te digo, você deveria vir, Ross, nosso pai endoideceu, faz cada uma.

O que você quer dizer com endoideceu?

Não reconhece mais as pessoas, fala com os mortos, fala com a mãe dele, com tio Vittorio, com a tia Checchina. Depois do nada fica nervoso e dá coice que nem um cavalo xucro, bate, chuta, estapeia mamãe, você precisa vir, Ross, eu sozinho não sei se dou conta.

O.k., eu disse, e com um nó na garganta comprei passagem para Gênova. Quando cheguei, tive medo de desabar. O nosso velho enlouquecido como nos tempos das crises mais graves, não sei se aguento isso. Aos poucos, com o passar dos anos, pensei que o pior tinha ficado para trás, que o pior tinha passado. Renato tinha envelhecido, era diabético, tinha diminuído bastante a bebida, tinha uma vida mais tranquila, de vez em quando ele e mamãe ainda iam aos bailes no interior da Ligúria, onde se entregavam às danças sul-americanas, rumba, salsa e chá-chá-chá. Até ser operado nos pés e levarem alguns de seus dedos, ele ia com mamãe dançar quase todo sábado, tinham inclusive participado de concursos, conseguiram boas colocações, algumas vezes foram segundo lugar, chegaram a vencer campeonatos e medalhas e outros prêmios em disputa. Ele dava seus tragos, ainda que o médico tenha sido enfático, como sempre: Você, Renato, deve viver como se não existisse álcool na face da terra, caso contrário você é um homem morto!

E ele, como sempre, dizia sim, sim, brigado, dotô, e por dentro estava mandando o médico se foder, batia três vezes na madeira e retomava a vida de sempre, a vida de Reian, e que ninguém venha encher o saco. Então seguiu tomando suas doses com os amigos, minha mãe fazia vista grossa, porque pelo menos não bebia até cair, não era mais aquela bebedeira pesada, que o fazia perder as estribeiras, aquela que nos obrigava a fugir de casa a qualquer hora do dia ou da noite.

Enfim, antes dessa nova crise, estávamos todos bem tranquilos. Quase relaxados. Estávamos convictos de que

ONDE VOCÊ VAI ENCONTRAR UM OUTRO PAI COMO O MEU   157

aos oitenta anos Renato tinha quase virado um pai normal, um velhinho meio estropiado, mas terno, amável.

Quando entrei em casa, respirei fundo e pensei: força, mulher! Decidi vir principalmente para não deixá-los sozinhos, minha mãe e Nic. Antes de abrir a porta do quarto deles, pensei: o.k., se ficar muito pesado ver ele fora de si, se for duro demais, vai embora, não fique ali, não sofra mais com coisas desse tipo.

Assim que abri a porta, ele se virou para mim, percebi um brilho no olhar, talvez de loucura, talvez de alegria, não soube dizer o que havia no olhar do meu pai. Depois me sorriu com o sorriso de sempre, Então você veio! Chegou como?, perguntou.

Oi, papi, como você está? O que anda aprontando?

Ah, Mariannì, nada bem, as coisas não vão nada bem, eu disse para vocês que eu não devia ir até Forcella, eu tinha dito para não encherem meu saco e vocês, nada, insistindo, sempre insistindo, os alemães estavam lá, aqueles alemães de merda, mas por que tinha de ir lá bem eu, que sou o menorzinho?

O.k., eu disse. Papai estava em outro planeta, estava me chamando pelo nome da irmã morta, era o planeta para onde eu já o tinha visto ir no passado, o planeta povoado pelos parentes e amigos da infância, o planeta habitado pela vó Regina e pelo tio Lillino e pelo tio Vittorio, por Peppiniello, Mimì e Fortunato e por Lucio Russo e pelos soldados alemães e americanos.

Eis-me aqui de novo diante da loucura do meu pai, da guerra e das dores atrozes que deve ter sentido, ele e tantas outras crianças e jovens da sua geração.

Senti o peito apertado, apertadíssimo, não queria que me vissem chorar, nem ele, nem mamãe, nem Nic, eu estava ali para dar uma força para eles, para apoiá-los, não queria levar mais preocupação. Esperei uns minutos, depois disse que precisava ir ao banheiro.

Eu me tranquei e as lágrimas começaram a rolar do rosto, tentei chorar em silêncio, sem que notassem, mas era penoso demais vê-lo mal outra vez e saber que não me reconhecia. Eu já imaginava que seria duro, mas não tão duro. Depois de uns instantes, dei a descarga, lavei o rosto, assoei o nariz com papel higiênico, procurei entre os cosméticos de minha mãe alguma coisa para disfarçar o nariz vermelho, os olhos inchados. Mas havia apenas bases e batons. Ah, vá pro inferno, eu disse, e voltei para os três.

No fundo, a sorte sempre acompanhou meu pai. Ele mesmo às vezes dizia isso, sempre conseguiu achar um médico bom, uma terapia experimental, um anjo da guarda, qualquer coisa que o tirava das garras da morte

ONDE VOCÊ VAI ENCONTRAR UM OUTRO PAI COMO O MEU

no último momento. (Dizia: Aquele é meu anjo protetor, é são Miguel arcanjo, padroeiro dos ex-xerifes bêbados que nem eu.) Também dessa vez tinha sido sortudo a seu modo. Minha mãe não sabia o que fazer, se chamava uma ambulância, se levava a um hospital psiquiátrico, mas ele suportaria um hospital psiquiátrico? Aos oitenta anos, diabético, frágil, convalescendo de várias cirurgias, com os dedos dos pés que precisavam ser diariamente cuidados com a máxima atenção? Anna, a companheira de meu irmão, psiquiatra, havia perguntado ao chefe (que era psiquiatra e especialista em diabetes) se ele podia ir até a casa dos meus pais para dar uma olhada em Renato. O doutor chegou, fez uma longa consulta e depois nos disse que acreditava se tratar de um evento passageiro, um episódio, disse, e que ele não o levaria a um hospital psiquiátrico, segundo ele era uma crise de depressão ansiosa, receitou uns medicamentos e, aos poucos, depois de algumas horas, o cavalo louco que tinha entrado no corpo e na cachola de Renato o abandonou.

Ele dormiu a tarde inteira, acordou de noite, tomamos uma sopinha todos juntos, sentados em cadeiras em volta da cama, com o prato nas mãos e um guardanapo em cima das pernas. Ele estava silencioso, tristíssimo, mas tinha voltado para nós. Pediu desculpas, queria saber o que tinha dito, o que tinha aprontado. Renà, deixa para lá, disse mamãe. Deixa quieto, agora o importante é que está melhor, ficamos com medo!

Fui dormir na casa de Nic e na manhã seguinte voltei para revê-lo, fiquei pensando que queria perguntar alguma coisa para ele, não sabia bem o quê, mas eu tinha vontade de falar com ele a sério, não as frases de sempre que a gente falava toda hora depois de uma de suas crises, ou depois de uma bebedeira braba, ou depois de uma de suas tantas cagadas. Eu queria saber alguma coisa, era isso que eu tinha colocado na cabeça. Desse modo, cumprimentei-o com um beijinho na testa, peguei uma cadeira e me sentei perto dele, das cobertas despontava apenas a cabecinha redonda de passarinho, os poucos cabelos enrolados, cinza-claro. Senti uma onda de ternura na barriga. Ei-lo aqui, mais uma vez conseguiu, se livrou, ou melhor, foi livrado do inferno. Eu disse para ele, Papai, você sempre dando sustos na gente!

É, pois é, eu sei, Rossanì, vocês me desculpem, mas sabe, a cachola de Renato é assim, volta e meia não me acompanha, volta e meia entra em greve, às vezes desiste!

Ai, papai, meu Deus.

Rossanì, eu prometo que de agora em diante eu vou dar tudo de mim, vou me esforçar para ficar bem.

Mas o que aconteceu? O que você fez para ficar mal dessa vez?

ONDE VOCÊ VAI ENCONTRAR UM OUTRO PAI COMO O MEU 161

Ah... não sei... talvez todas essas outras cirurgias, o *bypass* na perna, as visitas, os pés detonados, o médico, a médica de Milão, essa merda de soro, aiiii... acabou a mamata, eu pensei!

Papai, escuta aqui, você me diz uma coisa, sinceramente?

Sim, claro, Rossanì.

Como você começou a beber? Quero dizer, como você decidiu que ia se afundar no álcool, quando era novo, você se lembra?

Sim, claro que sim.

Me conta?

Ah, claro, mesmo que isso não me faça muito bem, sabe, recordar.

Eu sei.

Não, mas agora papai te conta.

...

Vamos lá, eu me lembro de estar para baixo, uma fase, logo depois do casamento, com mamãe eu estava bem, a gente saía para dançar, fazer festas nos salões, mas eu sentia uma coisa por dentro que tirava toda a minha alegria, eu tinha umas crises de choro que vinham do nada, e eu chorava escondido, um choro traiçoeiro. De repente, eu via alguma coisa de que não gostava, ou levava uma babada, sabe, né, esses militares de merda, me ofendiam, me humilhavam, e daí eu não entendia mais nada, eu era tomado por um choro que não acabava mais.

E aí?

E aí que comecei a ver que, se eu bebesse um pouquinho de uísque, as coisas melhoravam, eu melhorava rápido, me sentia mais forte, tinha vontade de sair andando de cabeça erguida, e se alguém me dizia alguma coisa, eu dava o troco, se me torravam o saco, eu partia para cima. Eu me senti invencível.

E agora?

Agora? Caga na mão e joga fora.

Ah, papai!

Foi então que eu entendi que, quando eu estava triste e ameaçava chorar que nem um idiota, bastava beber para me sentir forte e mais ninguém me enchia o saco. E daí continuei a beber, né.

Ah, sim, claro, é lógico.

Ei, desculpa, mas o que eu ia fazer, hein? Eu devia continuar chorando que nem um zé ruela?

Mas não podia procurar alguém, falar com alguém?

E que porra eu ia falar? Uma vez eu disse para o Domingo, meu amigo do peito, eu disse: Sabe, Domingo, às vezes parece que eu tô fora de mim, às vezes me vem uma vontade de chorar todas as minhas lágrimas, e às vezes de quebrar a cara de todo mundo.

E ele?

E ele, nada, ele me dizia, Renatucho, tenha paciência, não fica pensando demais nisso, toma um golinho e você vê que o medo vai embora!

Ele te dizia isso?

Isso, entendeu?

Sim.

E então o que eu devia fazer, me diga!

24.

O dia dos meus cinquenta anos. Ele já está mal, falo com ele por telefone, me dá os parabéns, pergunto como vai, papi? Ah, como vai, não vou, Stellì, sinto que dessa vez eu desencarno, dessa vez Renato se lascou!

Ah, vai, papi, você sabe que tem muitas vidas de reserva, como os gatos, você sabe que sempre consegue.

Ah, esperamos.

...

Muitas felicidades, Stellì.

Obrigada, papi... mas sabe de uma coisa? Não sinto nada o peso desses cinquenta anos!

É? É mesmo?

Eu, eu me sinto uma menininha, me sinto como se tivesse onze anos, ou doze.

Sério?

Sim, não me sinto uma mulher, ou pior, uma senhora!

Ah!

Bem assim, papi!

Mas então, Rossanì, será que você não é retardada?

Renato voltava a me fazer rir, mesmo ele estando tão mal, com pouquíssima energia, Renato era sempre Renato.

Dois dias depois do enterro, fui dar uma volta por Savona, a cidade me pareceu pior do que aquela que eu trazia na lembrança, tinha um ar sombrio, desolado. Depois de ter andado um pouco, me vejo na frente de um cinema e então decido assistir a um filme para passar o tempo, estava passando uma comédia italiana que em outras circunstâncias eu jamais assistiria, mas era o único que estava começando naquele horário, peguei o ingresso e fui me sentar na sala escura. Assim que começa o filme, já percebo que se trata da história de um pai e seu filho. Ele é um pai do Sul que vive no Norte, é um fanfarrão, perde todos os empregos, está sempre sem dinheiro, endividado, é mentiroso, contador de lorotas e nada confiável. O menino, ao contrário, é muito inteligente e racional, vai bem na escola, pensa como um adulto e logo se toca de todas as falcatruas do pai, sabe muito bem que jamais poderá contar com ele. Mesmo assim, ele o ama. O filme não é grande coisa, um humor meio raso e fácil, mas tem uma cena que atinge em cheio meu coração. O menino fica de saco cheio das férias com o pai, que o obriga a ficar num vilarejo de Molise com uma tia velha meio maluca,

ONDE VOCÊ VAI ENCONTRAR UM OUTRO PAI COMO O MEU 167

pede para ir embora, quer passar as férias com os amigos e os pais normais deles, que organizam férias de verdade. O pai fanfarrão acompanha o filho até o embarque dos navios para a Sardenha, sorri para ele, deixa ele ir. Depois fica sozinho no carro, duas lágrimas escorrem detrás dos óculos escuros. De repente, o menino bate no vidro do carro, sorri, papi, estou aqui! Desiste no último momento das férias normais, das pessoas normais. Escolheu ficar com o pai doidinho, o pai perdedor e loroteiro.

Em poucos momentos, revivi tudo, senti novamente tudo aquilo que significou para mim ter meu pai como pai. A alegria, a abertura, a anarquia, a ternura, a força de ser diferente e, misturado a tudo isso, o seu reverso, o medo, a angústia profunda de sermos aquilo que éramos e de não sermos como os outros, de não estarmos na ala dos *normais*. Daqueles que têm um emprego de verdade e não o perdem, daqueles que não fazem dívidas com os comerciantes. Que não levam os filhos aos botecos que fedem a fumaça, a velhos, a mijo.

25.

Já se passaram quarenta dias desde que meu pai se foi. Fiz mais duas apresentações sobre meu livro e dei uma entrevista para a televisão, disse a mim mesma que minha vida segue e que, tudo somado, estou elaborando até que bem a falta de Renato. De repente, à tarde, enquanto lavo pratos na minha cozinha, uma angústia me aperta o estômago, corta a respiração. Com isso vem também uma sensação de perigo, como se uma catástrofe estivesse na iminência de acontecer. O que significa tudo isso? Penso que talvez eu não devesse ter aceitado as duas apresentações, os encontros com os leitores, a entrevista na TV, não deveria ter mostrado meu lado bom, dito as frases para contar algo de mim, da minha vida, para pessoas desconhecidas. Puta merda, fiz bobagem mais uma vez, errei feio. As lágrimas chegam sem aviso, invasão inesperada, algo começa a derreter por dentro, continuo lavando pratos e choro. Penso: você não muda, se ilude achando que pode fazer as coisas que fazem os outros, os normais, e depois paga o preço disso. Você se ilude achando que é igual àqueles que sabem fazer as coisas, mas depois não é capaz. Enquanto choro, uma sensação de solidão profunda, total. A sensação de que fui deixada sozinha no universo. Ponho-me a conversar com Renato, digo a ele, Veja só, papai, você é sempre o mesmo, veja só, me abandonou mais uma vez, me deixou sozinha na terra dos caras-pálidas. Digo a ele, Você é sempre o mesmo, não dá para confiar, nunca posso contar contigo. E eu, agora, como faço sozinha? Como faço sem você, hein? Que caralho faço agora, papi, me explica?

Não me deixe sozinha aqui embaixo, papi, eu não estou equipada para ficar no mundo sem você, sem pelo menos mais um da minha tribo, sem pelo menos mais um apache, um cigano, eu não conheço a língua bífida desses caras-pálidas, eu não penso como eles, não vivo como eles, não sinto como eles. Para mim não importam as coisas que interessam a eles, eu nem as entendo, você sabe.

Papai, me dá uma mão aqui, me dá uma pista de onde você está, me diz umas idiotices daquelas tuas para eu conseguir me virar mais um pouco aqui embaixo.

Continuo a chorar como uma menina pequena, a falar com ele e a lavar pratos.

À noite, começo a ler *La vie devant soi*, de Romain Gary. Eu me envolvo e sigo adiante por duas ou três horas, a história do órfão Momo me cativa. Esse menino árabe que não tem mais os pais, criado junto com outros bastardinhos por Madame Rosa – uma ex-prostituta judia sobrevivente de Auschwitz –, está me segurando pela mão. Momo sabe que não tem ninguém com ele de verdade, sabe que Madame Rosa se ocupa dele e dos outros pequeninos apenas porque recebe dinheiro para fazer isso. Quando Momo entra num bar de Belleville e pergunta a um velho árabe: Monsieur Hamil, é possível viver sem amor?, o velho bebe mais um tanto do seu chá de hortelã e não responde. Olha o menino em silêncio, mas Momo insiste na pergunta. Então Monsieur Hamil fala: Sim, diz, e baixa a cabeça, como que envergonhado. Estou chorando, diz Momo.

26.

No Natal, voltei para Albisola. Choveu nos dias 24, 25 e 26 de dezembro, uma chuva forte, contínua, a prefeitura chegou até a decretar estado de alerta, com risco de transbordamento do rio Sansobbia. Esse nosso Natal sem você está meio sem sentido, parece que ainda não conseguimos acreditar que você não está aqui, não conseguimos sentir de todo essa ausência, você faz tanta falta que talvez a gente não consiga sequer dizer isso, o quanto você faz falta. Não falamos de você, não dizemos nada, nem mesmo uma frase onde o teu nome possa caber, ou uma lembrança tua. Eu e Nic aproveitamos para dizer o quanto odiamos o Natal, detestamos mesmo, com toda a comida obrigatória e os presentes forçados. Mesmo que aquele seja certamente um Natal mais calmo e menos tenso do que tantos Natais do passado, mesmo que a gente não tenha mais medo de que você vá beber e sair fazendo bobagem, não é bom mesmo assim, nós nos sentimos todos um pouco inadequados, um pouco fora de foco, destoantes. O fato é que tuas piadas fazem falta, as tuas frases, tuas lembranças de infância, as tuas tristezas e as alegrias sempre exageradas, sempre passando dos limites. Fui abrir o armário, olhei muito rápido, só por um instante, as tuas gravatas, as camisas e o teu velho sobretudo. Olhei para o teu lado da cama. A tua cadeira onde você tinha colocado uma almofada com as letras F.B.I. Depois me sentei no lado do sofá onde você sempre se sentava.

Era noite do dia 24 e eu não conseguia mais ficar em casa, saí caminhando no frio e na chuva, não havia ninguém na rua. Eu era a única a andar pelas ruas escuras. Me pareço tanto assim com você, papi? Quem sabe você sinta minha falta, quem sabe façamos falta para você aí na esquina do universo onde talvez você esteja. Enquanto caminho, digo a mim mesma que não tem jeito, tentei me parecer com você o mínimo possível, mas me pareço demais, de mim nunca saem sentimentos adequados, as coisas apropriadas, educadas, uma cara boa para usar com as pessoas em certas ocasiões. Quando estou com os outros sinto sempre o incômodo, o tédio, o nervoso, a impaciência. É sempre esse tipo de coisa que sai de mim, e fico bem nos bares e estou cagando para as obrigações sociais, as formalidades, os sorrisos de circunstância, tudo o que é falso, artificial, solene, estou cagando para os

ONDE VOCÊ VAI ENCONTRAR UM OUTRO PAI COMO O MEU 175

normais, os meticulosos, os caga-regras. Não os suporto. E isso tudo que eu trago dentro de mim só sai quando escrevo.

Cheguei ao calçadão à beira-mar, mirei o negrume das ondas, a escuridão de todo o entorno me deu uma sensação de paz. No horizonte, as luzes dos navios que se distanciavam do porto. Naquele momento senti que Renato realmente não existia mais. Não posso mais vê-lo, não posso mais falar com ele, não posso mais ligar para ele. Caralho, papi, então você foi embora de verdade! De repente, uma pontada de remorso por não ter estado a seu lado no momento da morte, e por todos os anos que vivi longe dele. Lamento não ter me despedido, lamento que tenha morrido sozinho, com a moça que ficava com ele durante as noites no hospital. Mas fico contente porque assim posso me lembrar dele vivo, e quero relembrar a última vez que nos vimos, que conversamos, quando depois eu me despedi dizendo, Não esqueça, papi, não esqueça que te amamos! E ele respondeu, Sim, sim, Rossanì, mas eu saio dessa, você vai ver que eu vou conseguir de novo! E sorriu com uma expressão alegre e melancólica, e com um ar de foda-se em relação a tudo e a todos, muito renatesco.

Tive vontade de tomar uma bebida quente, sinto os pés gelados, as costas úmidas. Entrei no bar Ghersi, havia alguns poucos velhinhos que jogavam bingo, pedi um chá, fiquei ali sentindo a força daquela falta, talvez porque tenhamos visto tantas vezes juntos os navios no horizonte quando eu era menina. Fico ali refletindo e observando os rostos simpáticos dos velhinhos da Ligúria, sempre me senti bem entre os velhos, os pobres coitados, os estropiados. Enquanto reflito sobre isso e mexo o meu chá com a colherinha, subitamente as caixinhas de som do bar, sintonizadas em uma rádio genovesa, Rádio Babboleo, tocam uma canção muito diferente daquela que estava tocando até então, é uma canção que me deixa de boca aberta. Talvez eu esteja sonhando, ou começando a enlouquecer, mas não, a canção que sai das caixas é aquela mesmo, «La lontananza sai è come il vento... che fa dimenticare chi non s'amaaa...» e é Mimmo Modugno quem está cantando.

Então eu te ouvi, papi, você me mandou uma mensagem, você conseguiu! Eu senti no estômago, era você e me dizia alguma coisa por meio de uma das tuas canções preferidas. Você estava me dizendo que mesmo estando longe não nos esquecemos e que sempre vamos nos amar. Você estava me dizendo que não se esqueceu de mim, que não me deixou aqui sozinha no meio desses caras-pálidas, eu entendi, papi. Bem, eu também não te esqueço.

DAS ANDERE

1 Kurt Wolff *Memórias de um editor*
2 Tomas Tranströmer *Mares do Leste*
3 Alberto Manguel *Com Borges*
4 Jerzy Ficowski *A leitura das cinzas*
5 Paul Valéry *Lições de poética*
6 Joseph Czapski *Proust contra a degradação*
7 Joseph Brodsky *A musa em exílio*
8 Abbas Kiarostami *Nuvens de algodão*
9 Zbigniew Herbert *Um bárbaro no jardim*
10 Wisława Szymborska *Riminhas para crianças grandes*
11 Teresa Cremisi *A Triunfante*
12 Ocean Vuong *Céu noturno crivado de balas*
13 Multatuli *Max Havelaar*
14 Etty Hillesum *Uma vida interrompida*
15 W.L. Tochman *Hoje vamos desenhar a morte*
16 Morten R. Strøksnes *O Livro do Mar*
17 Joseph Brodsky *Poemas de Natal*
18 Anna Bikont e Joanna Szczęsna *Quinquilharias e recordações*
19 Roberto Calasso *A marca do editor*
20 Didier Eribon *Retorno a Reims*
21 Goliarda Sapienza *Ancestral*
22 **Rossana Campo *Onde você vai encontrar um outro pai como o meu***

Composto em Lyon Text e GT Walsheim
Impresso pela gráfica Formato
Belo Horizonte, setembro de 2020